상식의 거짓말

상식의 거짓말 연구회 엮음 | **박현석** 옮김

머리말

세상은 '상식'으로 넘쳐나고 있다.

학교 수업시간에 배웠던 반드시 시험에 나오는 지식. 옛날부터 전해 내려오는 말. 이유도, 누구 입에서 시작되었는지도 모르지만 모든 사람들이 익히 알고 있는 것. "응? 그 정도는 상식이지!"라는 말을 들으면 어쩐지 무시당한 기분이 든다.

하지만 "상식이지!"라는 말을 듣고 "정말?"이라고 의심해 본 적은 없었는지?

이 책에서는 모든 사람들이 당연한 것으로 여기고 있는 상식의 진위를 파헤쳐보았다. 그 결과 최근의 연구와 기술의 진보로 인해 뒤집어진 상식, 조금만 시점을 바꿔서

생각해보면 누구라도 알 수 있는 상식의 함정 등이 차례로 밝혀졌다. "그 정도는 상식이지!"라고 무시를 당해도 "그거, 거짓말이야. 몰랐어?"라고 조금은 자랑스럽게 말할 수 있을 것이다.

너무 참신해서 당장은 안 믿어질 법한 이 '상식의 거짓말'은 곧 당신의 상식이 되어 세상의 상식을 올바로 뒤집을 것이다.

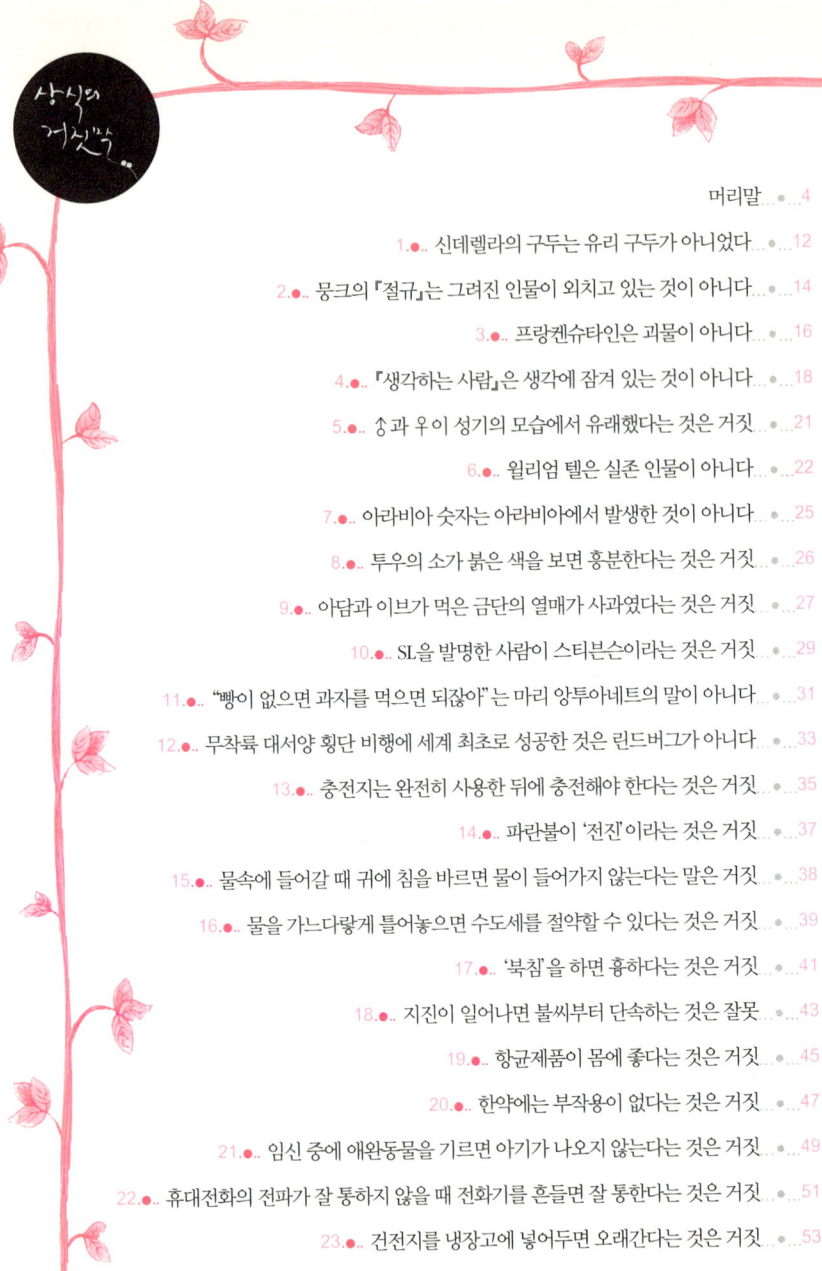

상식의
거짓말..

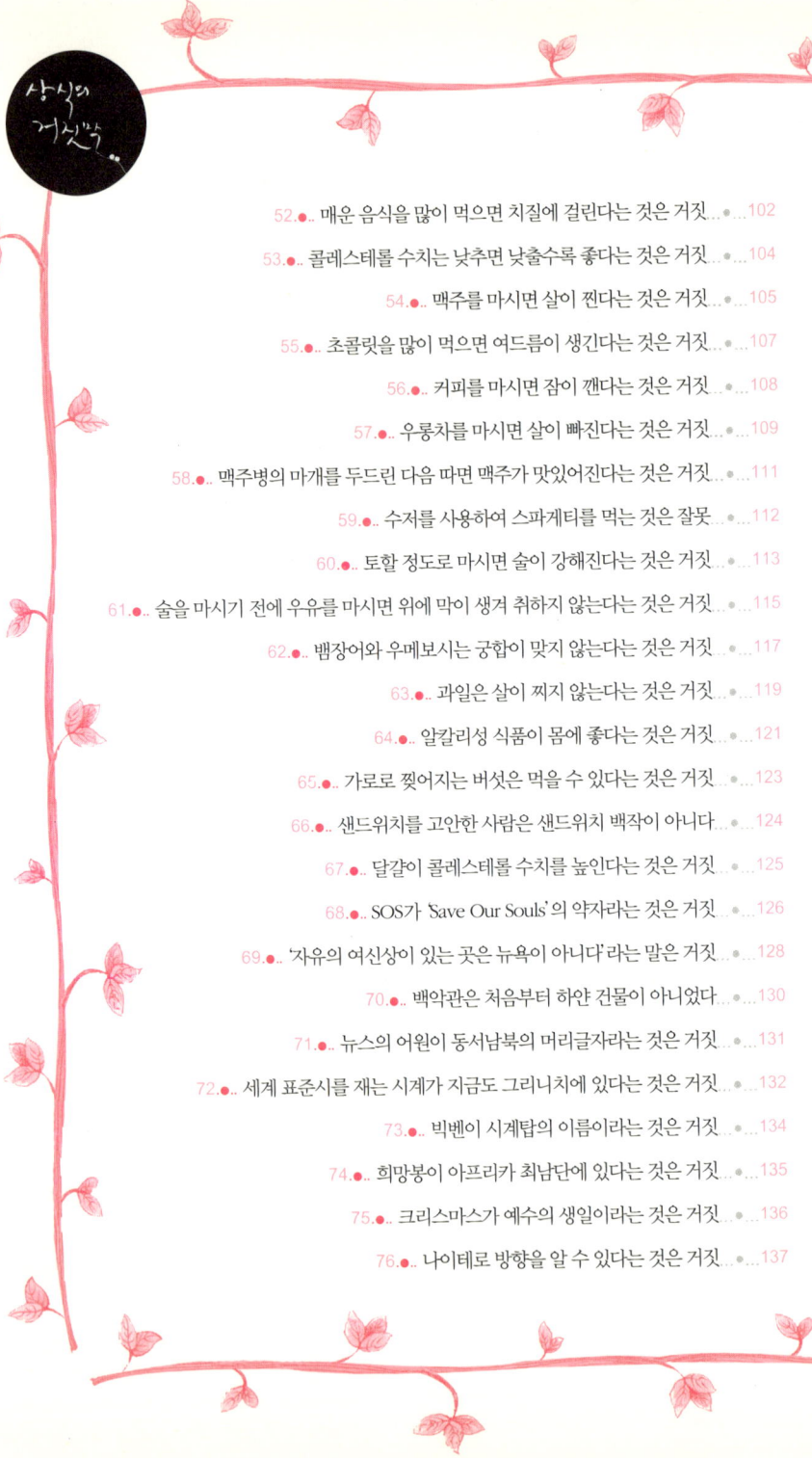

상식의
거짓말

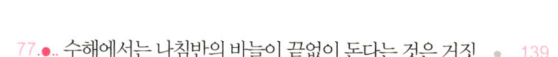

신데렐라의 구두는
유리 구두가 아니었다

세계적으로 유명한 동화 『신데렐라』. 여자 아이라면 누구나, 무도회장에서 돌아오는 길에 벗겨진 유리 구두 덕분에 계모와 언니들의 괴롭힘을 받던 신데렐라가 왕자님과 결혼하게 된다는 이야기를 동경했을 것이다.

하지만 신데렐라가 신고 있었다던 유리 구두. 곰곰이 생각해보면 그런 구두를 실제로 신을 수 있을 것 같지는 않다. '동화니까'라고 한다면 더이상 할 말은 없지만, 유리 구두를 신고 걷거나 심지어 춤까지 춘다는 것은 있을 수 없는 일이라는 생각이 든다. 과연 진짜 유리였을까?

사실 유리 구두는 '모피 구두'의 오역으로 알려져 있다.

원래 신데렐라 이야기는 옛날부터 전해 내려오던 민화를 원전으로 해서 많은 작가들이 작품화한 것이다. 원전에는 신데렐라가 신고 있던 구두의 소재가 프랑스어로 '다람쥐의 모피'를 의미하는 'vair'로 되어 있다. 그것이 유리를 뜻하는 'verre'라는 단어로 잘못 번역된 것이다. 'vair'는 요즘에 거의 사용되지 않는 말인 데다, 유리에 비해 볼품도 없기 때문에 그대로 유리 구두가 되어버린 듯하다.

의도적으로 유리로 바꾼 것이라는 설도 있다. 단, 당시 다람쥐 모피는 매우 고급이었기 때문에 귀족계급이 아니고서는 소유할 수 없었다고 한다. 어느 쪽이든 고가의 구두였던 것만은 틀림없는 사실인 듯하다.

덧붙여 말하자면, 신데렐라 이야기는 민화를 원전으로 많은 작가들이 작품화한 것이라고 말했는데 그중에서도 특히 유명한 것이 그림 형제의 '재투성이 소녀'와 샤를 페로의 '상드리용 Cendrillon'이다. 그런데 이 두 작품 사이에는 많은 차이점이 존재한다.

앞서 발표된 샤를 페로의 신데렐라에는 마법사와 호박 마차가 등장하지만, 후에 발표된 그림 형제의 신데렐라에는 그것들이 등장하지 않는다. 원전에 보다 기까운 것은 그림 형제의 신데렐라인 것으로 알려져 있다.

A lie of common sense

뭉크의 『절규』는 그려진 인물이
외치고 있는 것이 아니다

얼마 전 에드바르드 뭉크의 대표작인 『절규』가 도난당한 지 만 1
년이 지났다는 뉴스를 들었다. 2004년 8월 백주대낮에, 소장되었던
뭉크 미술관에서 종적을 감춰버린 『절규』의 행방은 아직도 알려지
지 않았다. 이 작품은 오슬로에 있는 뭉크 미술관에서 도둑맞은 작
품을 포함하여 두 점, 보관창고에 한 점, 개인소유 한 점, 이렇게 총
네 점이 존재한다. 도둑맞은 한 점은 너무나도 유명한 작품이기 때
문에 뒷거래도 불가능해 파기되었을 것이라는 소문도 나돌고 있다
2006년 8월 31일 회수—편집자주.

　『절규』는 미술에 관심이 없는 사람이라 할지라도 한 번쯤은 본
적이 있을 것이다. 붉고 불길한 색을 띤 하늘과 굽이치는 강, 이상
할 정도로 일그러진 다리 위의 인물.

　이 그림과 제목을 본 대부분의 사람들은 그림 속 인물이 소리를

I4

지르고 있는 것이라고 생각했을 것이다. 하지만 이 작품의 의도는 다른 곳에 있다.

『절규』가 그려진 때는 1893년. 그는『절규』를 포함해 1890년대에 그려진『입맞춤』,『흡혈귀』등의 작품을 'The Frieze of Life생의 프리이즈'라고 부르며 연작 취급했다. The Frieze of Life의 테마는 사랑과 죽음, 그리고 불안이었다.

어느 날 산책을 하던 뭉크는 "자연을 꿰뚫는 거대하고 영원한 외침을 느꼈다"라는 말을 남겼다. 그것을 캔버스에 표현한 것이 바로 『절규』다. 즉, 그림 속에 그려진 인물은 소리를 지르고 있는 것이 아니라 '자연을 꿰뚫는 거대하고 영원한 외침'을 듣고 두려움에 떨고 있는 것이다. 그림을 잘 보면 틀림없이 귀를 막고 있으며 들려오는 소리에 공포를 느끼고 있다는 사실을 알 수 있다.

한마디로 세기말의 퇴폐와 고독에 대한 공포와 불안을 강렬한 임팩트로 묘사한 작품이라고 할 수 있다.

프랑켄슈타인은
괴물이 아니다

서양의 유명한 괴물 이야기 중 하나인 '프랑켄슈타인'은 영화로도 잘 알려져 있는데, 프랑켄슈타인 하면 누구나 회색 피부에 나사로 머리 여기저기를 연결한 거구의 괴물을 떠올릴 것이다.

하지만 프랑켄슈타인은 사실 '괴물을 만든 과학자'의 이름이며, 물론 인간이다.

원작은 『프랑켄슈타인, 혹은 현대의 프로메테우스』로, 1797년 영국에서 태어난 메리 셸리가 1818년에 지은 작품이다.

이야기는 다음과 같다.

과학자인 빅터 프랑켄슈타인은 사체를 환생시키는 연구에 몰두하는데, 그 결과물로 탄생한 것이 추한 모습의 인조인간이었다.

이 인조인간은 매우 뛰어난 체력과 지능을 가졌지만 추한 용모 때문에 고독감을 느낀다. 곧 자신의 반려자를 만들어달라고 프랑켄슈타인에게 부탁하지만 거절당하자 박사의 가족을 차례로 습격한다. 고딕소설Gothic Novel, 18세기 중엽부터 19세기 초기에 걸쳐 영국에서 유행한 소설. 중세의 고딕식 고성 등을 배경으로 공포, 수수께끼, 괴기, 음모를 주제로 함의 대표적인 작품이다.

프랑켄슈타인이 만든 이 괴물은 이름이 없어 '프랑켄슈타인의 괴물혹은 창조물'로 불렸는데, 그것이 어느 사이엔가 '프랑켄슈타인=괴물'로 인식되어버린 것이다.

참고로 이 소설에 등장하는 과학자 프랑켄슈타인은 실존인물로, 그의 일기에는, '무덤에서 사체를 가져와 실험을 거듭했다'는 기록이 남아 있다.

『생각하는 사람』은
생각에 잠겨 있는 것이 아니다

　고개를 약간 숙이고 손으로 턱을 괸 채 깊은 생각에 잠긴 듯한 포즈를 취하고 있는 남성. 조각가 오귀스트 로댕의 작품 중 가장 유명한 『생각하는 사람』을 보고 나면 누구나 한 번쯤은 '무엇을 생각하고 있는 걸까?'라는 의문을 품었을 것이다.

　하지만 이 조각은 무엇인가를 생각하는 모습을 묘사한 것이 아니다.

　원래는 『지옥의 문』이라는 작품의 일부로 이 조각은 지옥의 문지옥의 입구으로 떨어지는 죄인들의 모습을 위에서 내려다보고 있는 것이다.

　오귀스트 로댕은 1840년에 태어난 프랑스의 조각가로 '근대 조각의 아버지'라 불리는 인물이다. 누나의 권유로 미술을 배우기 시작했는데 조각은 독학으로 공부했다고 한다.

살롱에 출품한 첫 조각 작품 『코가 망그러진 사나이』는 아름다움만을 높이 평가하던 당시의 풍조 때문에 혹평을 받았다. 그때의 충격으로 작품에 손을 대지 못하는 공백의 시간이 한동안 계속된다.

그 후 창작활동을 재개하여 『청동시대』라는 작품으로 명성을 얻게 된 로댕에게 국립미술관의 기념 조각상을 만들어달라는 요청이 들어온다. 이를 계기로 시작한 작품이 단테의 『신곡』에 등장하는 「지옥의 문」을 소재로 한 조각이었다. 그중 일부가 『생각하는 사람』이다. 이 조각에 대해 『신곡』에 묘사된 지옥을 보고 괴로워하는 단테 자신의 모습'일 것이라고 추측하는 사람도 있다.

이 조각이 '무엇인가를 생각하는 사람의 모습'이 아니라는 것은 알았지만 그렇다면 어째서 『생각하는 사람』이라는 제목이 붙게 된 것일까? 사실 제목을 붙인 것은 로댕이 아니라 알렉시스 뤼디에라는 인물이었다.

뤼디에는 로댕이 매우 신임했던 주조鑄造가로, 로댕은 수많은 작품의 주조를 그에게 의뢰했다. 『지옥의 문』의 일부인 『생각하는 사람』을 단독으로 발표하게 되었을 때, 로댕은 뤼디에에게 주조를 부탁했다.

하지만 이 조각이 어떻게 해서 생겨난 것인지를 알지 못했던 뤼디에는 '무엇인가를 생각하는 모습'이라고 잘못 해석, 그 조각에 『생각하는 사람』이라는 이름을 붙였다는 것이다.

지옥으로 떨어지는 사람들을 아무런 생각도 없이 내려다보았다

고는 생각하기 힘드니 이 제목도 크게 틀린 것만은 아니라는 생각
이 들기도 한다.

♂과 우이 성기의 모습에서 유래했다는 것은 거짓

일본에서 가장 유명한 음악 프로듀서 중 한 명인 쏜쿠つんく♂의 이름에 붙어 있는 '♂' 표시. 애완동물의 성별을 표기할 때에도 자주 사용되는데 흔히 '♂'은 남성을, '우'은 여성을 나타낸다.

이 표시는 어떻게 생겨난 것일까? 남녀의 성기를 본뜬 것이라고도 하고 그렇게 보이기도 하지만, 이는 속설에 불과하다.

사실 '♂'은 그리스 신화에 등장하는 군신軍神 마르스가 들고 있는 창과 방패, '우'은 미의 여신인 비너스가 손에 들고 있는 거울의 모습을 본뜬 것이다.

A lie of common sense

6

윌리엄 텔은
실존 인물이 아니다

활의 명수로 아들의 머리에 사과를 올려놓고 쏘았다는 윌리엄 텔이 왜 그런 행동을 했는지 전체적인 이야기는 모른다 할지라도 윌리엄 텔과 활, 사과에 얽힌 일화는 누구나 잘 알고 있을 것이다.

그렇다면 이 이야기는 실화일까, 동화일까? 아마도 실화라고 들은 사람들이 적지 않을 것이다. 윌리엄 텔이 살았던 것으로 알려진 스위스에서는 대부분의 사람들이 실화라고 믿고 있으며 그를 영웅 취급하고 있다.

하지만 역사적으로 봐서 그가 실존했을 가능성은 거의 없다.

윌리엄 텔 이야기가 어떤 내용이었는지부터 잠깐 살펴보기로 하겠다.

합스부르크 가家 출신으로 악정을 펼쳤던 오스트리아 인 헤르만 게슬러는 우리Uri, 스위스 중부에 있는 주. 윌리엄 텔이 살았던 곳으로 알려짐에 대한 지배권을 강화하기 위해 알트도르프라는 마을의 광장에 장대를 세우고 그 위에 자신의 모자를 걸어놓는다. 그리고 그곳을 지나는 사람들에게 모자에 절할 것을 강요한다.

그러던 어느 날 윌리엄 텔은 모자에 절을 하지 않았다는 이유로 체포되고 만다. 그에게는 아들의 머리 위에 사과를 올려놓고 그것 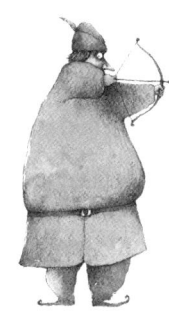을 활로 쏘아 맞히라는 벌이 주어지는데, 게슬러는 성공하면 윌리엄 텔을 풀어주겠다고 한다. 제아무리 활의 명수라고는 하지만, 쏘아서 실패하면 소중한 아들이 목숨을 잃을 것이요, 쏘지 않으면 자신의 목숨을 잃게 되는 절체절명의 위기였다.

결국 활을 쏘기로 결심한 윌리엄 텔은 아들의 머리 위에 놓인 사과를 멋지게 명중시킨다.

그러나 만약 실패해서 아들을 쏘았다면 나는 게슬러를 향해 활을 쏘았을 것'이라고 한 윌리엄 텔의 말에 격노한 게슬러는 그를 다시 체포하고, 끝끝내 그곳에서 탈출한 윌리엄 텔은 게슬러를 사살한다. 악정을 펼치던 관리를 쓰러뜨리고 마을로 돌아온 그는 영웅 대접을 받고, 후에 스위스 독립을 위해 일어서는 계기를 마련하게 된다는 이야기다.

그렇다면 이 이야기가 사실이 아니라고 여겨지는 이유는 무엇일까? 무엇보다 연대가 맞지 않는다는 점을 들 수 있다.

합스부르크 가의 압제에 저항하기 위해 우리 주, 슈비츠 주, 운

터발덴 주가 서로 원조할 것을 맹약한 '영구동맹'은 1291년에 성립되었는데, 이야기 속에서 윌리엄 텔이 사과를 맞히고 게슬러를 사살한 것은 1307년으로 되어 있다.

또한 19세기 무렵부터 식자識者들에 의한 고문서 조사가 행해졌는데 사료에 게슬러와 윌리엄 텔의 이름이 남아 있지 않은 것으로 보아 이들이 가공의 인물일 것이라는 견해가 더욱 현실성을 얻게 되었다.

참고로 윌리엄 텔의 이름은 실러의 희곡과 로시니의 가극에 의해 전 세계에 널리 알려지게 되었다.

A lie of common sense

아라비아 숫자는 아라비아에서 발생한 것이 아니다

'1, 2, 3'으로 시작되는 아라비아 숫자_{산용숫자}는 이름에 아라비아라는 말이 붙어 있기는 하지만 사실 인도에서 기원되었다. 인도에서 발명된 숫자가 북아프리카, 스페인을 거쳐 12세기 무렵 아랍 사람들에 의해 유럽에 전파된 것이다. '아라비아 숫자'라는 이름은 유럽 사람들이 로마 숫자 ⅰ, ⅱ, ⅲ에 대해 붙인 이름이었다. 하지만 아라비아 사람들은 아직도 이 숫자를 '인도 숫자'라고 부르고 있다.

아라비아 숫자의 근간이 된 것은 인도 숫자_{그림}인데 아라비아 사람들은 아라비아어와 함께 아직도 이 숫자 체계를 주로 사용하고 있다.

아라비아 숫 자	0	1	2	3	4	5	6	7	8	9
인 도 숫 자	٠	١	٢	٣	٤	٥	٦	٧	٨	٩

A lie of common sense

투우의 소가 붉은 색을 보면
흥분한다는 것은 거짓

펄럭이는 새빨간 천을 향해 돌진해 들어오려고 빈틈을 노리고 있는 소. 스페인의 전통행사인 투우는 텔레비전을 통해 봐도 그 긴 박감이 그대로 전해진다. 그런데 천을 향해 돌진하는 소를 보고 의문을 품은 적은 없었는가? 과연 '소의 눈은 색을 판별할 수 있을까? 하는 의문 말이다. 투우사들이 들고 있는 천물레타이 전부 새빨 갛기 때문에 소가 빨간색을 보고 흥분해서 돌진해 들어가는 것처럼 보이는데, 사실은 어떨까?

실제로 소의 눈은 흑백으로밖에 사물을 판별하지 못한다. 생물 중에서 색을 판별할 수 있는 것은 원숭이와 인간뿐이라고 한다. 소는 단지 투우사가 흔드는 천의 절묘한 움직임을 보고 돌진해 들어가는 것이다. 빨간 천을 보고 흥분하는 것은 그것을 보고 피를 연상시키는 인간들이 아닐는지.

아담과 이브가 먹은 금단의 열매가
사과였다는 것은 거짓

인류의 조상인 아담과 이브는 신이 '먹어서는 안 된다'고 말한 금단의 열매를 먹었기 때문에 에덴동산에서 쫓겨났다.

일반적으로 이 '금단의 열매'를 사과라고 해석하는 사람들이 많은데, 이 이야기가 기록되어 있는 『구약성경』 창세기 3장에는 그저 '선악을 알게 하는 나무'라고만 되어 있을 뿐 사과라는 말은 적혀 있지 않다.

일본의 사과 명산지가 아오모리 현과 나가노 현이라는 사실에서도 알 수 있듯 사과는 추운 지역에서 나는 과일이다. 그러니 기후가 건조한 중동 지역, 즉 당시 에덴동산에 사과나무가 존재했을 것이라고는 생각하기 어렵다. 그러므로 '금단의 열매'가 사과일 가능성은 매우 희박하다.

원문에서 언급하지 않았기 때문에 실제로 무슨 열매였는지는 억측을 해볼 수밖에 없는데 아담과 이브가 열매를 먹은 후 몸의 일부를 무화과 나뭇잎으로 가린 것으로 보아 무화과 열매였다는 설, 포도였다는 설 등이 있다.

그렇다면 원문에서는 열매의 특징에 대해 단 한 마디도 언급하지 않았는데 어째서 사과라고 널리 알려지게 된 걸까? 그것은 그리스·로마 신화에 등장하는 여러 여신과 사과에 얽힌 전설의 영향 때문인 듯하다.

불화의 여신 에리스가 '가장 아름다운 여신에게' 보낸다며 세 여신 앞으로 황금사과 하나를 보내자 여신들이 사과를 놓고 싸움을 벌였다는 이야기가 있는데, 그 때문에 '사과는 재앙을 부르는 열매'라고 해석되고 있다. 그리고 성애性愛를 관장하는 여신 비너스의 상징이 사과이기 때문에 사과를 '성의 상징=금단의 열매'라고 보는 등 여러 가지 설들이 있다.

SL을 발명한 사람이
스티븐슨이라는 것은 거짓

어린 시절 SL을 타본 사람들과 철도 마니아들 사이에서 SL은 아직도 인기가 좋다. 요즘은 구경하는 것조차 힘들지만, 검은색의 중후한 차체와 굴뚝에서 솟아오르는 증기를 보고 어렸을 적 추억이나 꿈을 떠올리는 이들이 적지 않을 것이다.

SL이란 영어의 Steam Locomotive의 약자로 우리말로는 증기기관차라고 부르는데 이름 그대로 석탄이나 장작이 탈 때 나오는 증기를 동력으로 하고 있다. 이 증기기관차의 발명으로 가장 큰 득을 본 나라는 영국이었다.

그렇다면 가장 먼저 증기기관차를 발명한 사람은 누구였을까? 많은 사람들이 '산업혁명의 상징이 된 증기기관차는 조지 스티븐슨이 발명했다'고 배웠을 것이다.

하지만 실제 발명자는 리처드 트레비식이라는 영국의 기술자였다.

트레비식은 1771년 영국에서 태어났다. 당시는 산업혁명이 시작되었을 무렵으로 증기압력에 의한 동력인 '증기기관'의 발달이 한창 진행 중이었다. 광산기사였던 트레비식도 보일러 개발에 종사하다가 후에는 증기기관을 이용한 차량 개발에 힘을 쏟았다.

몇 번의 시도를 거쳐 1804년, 드디어 승객과 광석을 실은 증기기관차 '페니다렌 호'가 주행에 성공을 거뒀다. 이것이 사상 최초의 증기기관차였다. 하지만 속도와 견인력, 레일 강도 등 개선할 점이 많았기 때문에 실용화에는 성공하지 못했다.

그 후로도 계속 개발이 진행되어 1825년, 조지 스티븐슨이 완성한 증기기관차 '로커모션 호'가 영국의 스톡턴에서 달링턴 구간을 주행했다. 이를 계기로 증기기관차는 순식간에 보급되었다. 그러한 이유 때문에 '스티븐슨이 증기기관차의 발명자'라고 알려지게 된 듯하다.

참고로 1825년, 일본에서는 이국선타불령異國船打拂令, 외국선 추방령이 내려졌다. 페리가 타고 온 흑선의 모습에 일본인들이 놀라기 무려 20년 전, 최초의 증기기관차가 발명된 것이다. 당시 영국의 기술이 얼마나 발달했었는지를 알게 해주는 대목이다.

11

"빵이 없으면 과자를 먹으면 되잖아"는 마리 앙투아네트의 말이 아니다

'적자부인赤字夫人'이라 불렸던 프랑스 왕 루이16세의 왕비 마리 앙투아네트. 오스트리아 합스부르크 왕가의 딸이었던 그녀는 오스트리아와 프랑스의 관계를 돈독하게 하기 위해서 14세 때 루이16세와 결혼하였다. 하지만 궁정에 들어서면서부터 극도로 사치스러운 생활을 즐겨 그에 대한 부담으로 괴로워하던 민중들로부터 격렬한 비난을 받았다. 이것이 프랑스혁명의 도화선이 되었디.

그런 마리 앙투아네트와 관련된 이야기 중에서 가장 유명한 것은, 빵을 달라며 일어선 민중들에게 "빵이 없으면 과자를 먹으면 되잖아"라고 말했다던 일화일 것이다. 역사에 그다지 흥미가 없는 사람들도 한 번쯤은 들어보았을 것이다.

하지만 빵이 없으면 과자를 먹으면 된다는 말은 사실 그녀의 말이 아니었다.

이 말은 프랑스의 철학자 장 자크 루소의 자서전인 『고백록』 제6권에 기록된 다음 에피소드에서 나왔다.

루소는 빵이 없으면 와인을 마시지 못하는 성격이었다. 한번은 와인을 마시려는데 가까이에 빵이 없었다. 그 순간 루소는 "농민에게는 빵이 없습니다"라는 보고를 들은 한 고귀한 부인이 "그럼 브리오슈를 먹으면 되지 않는가?"라고 말했다는 사실을 생각해내고는 빵 대신 가까이에 있던 브리오슈와 함께 와인을 마셨다고 한다.

참고로 브리오슈란 버터를 듬뿍 사용해 만든 빵을 말한다. '과자를 먹으면 되잖아'라는 말속의 과자도 바로 이 브리오슈를 가리키는 것이다.

이 에피소드는 1740년경에 있었던 일로, 1755년에 태어난 마리 앙투아네트가 그 '고귀한 부인'일 가능성은 매우 희박하다.

마리 앙투아네트가 이 사실을 알고 있었는지 확실하게 알 수는 없지만 서민의 생활과는 거리가 먼 호화로운 생활을 계속해왔던 그녀에게 워낙 잘 어울리는 말이기 때문에 '그녀의 발언'으로 잘못 인식되었다 해도 조금도 어색하지 않다.

무착륙 대서양 횡단 비행에
세계 최초로 성공한 것은 린드버그가 아니다

'하늘을 나는 것'은 오랜 세월에 걸친 인류의 꿈이었다.

19세기 후반, 글라이더로 비행 실험을 행했던 오토 릴리엔탈이나 비행기로 최초의 지속적 비행에 성공한 라이트 형제 등 꿈에 도전했던 사람들은 헤아릴 수 없이 많았다.

하늘을 나는 꿈이 이루어지자 이번에는 그 거리를 연장하기 위한 실험이 거듭되었다. 그 진화의 역사에서 위업을 달성한 인물로 가장 먼저 떠오르는 사람이 무착륙 대서양 횡단 비행에 성공한 찰스 린드버그다.

린드버그는 어렸을 때부터 기계에 흥미를 가지고 있었으며, 20세가 넘어서부터는 비행기와 관계된 일을 하게 되었다. 1927년 5월, 뉴욕에서 파리까지의 약 580킬로미터를 33시간에 걸쳐서 무착륙 비행한 그는 일약 유명인이 되어 '세계 최초로 대서양 횡단 비행에 성공한 인물'로 알려지게 되었다.

하지만 '세계 최초'로 대서양 횡단 비행을 한 사람은 린드버그가 아니었다고 하면 놀랄 사람도 적지 않을 것이다. 사실 린드버그가 대서양 횡단에 성공하기 8년 전인 1919년에 존 알콕과 위튼 브라운 이라는 두 미국인이 사상 최초로 대서양 횡단캐나다의 세인트존스에서 아일 랜드의 클리프덴까지에 성공했다. 그리고 린드버그 이전에도 몇몇 사람들 이 무착륙으로 대서양 횡단에 성공한 바 있다.

존 알콕과 위튼 브라운. 그들의 이름을 처음 듣는 사람도 있을 것이다. 그렇다면 세계 최초로 성공한 사람보다 8년이나 뒤에 성공 한 린드버그의 기록이 더 유명한 것은 어째서일까? 거기에는 의외 의 사실이 숨어 있다.

알콕과 브라운의 기록을 포함한 린드버그 이전의 무착륙 비행 기록은 모두 복수의 사람들에 의해서 이루어진 데 반해 린드버그 는 최초로 단독 비행에 성공했던 것이다.

당시에는 사람들이 '한 번에 얼마나 많은 사람들이 날 수 있는 가?'라는 기록에만 열중해 있었기 때문에 린드버그처럼 단독 비행 에 도전하는 사람은 거의 없었다. 그리고 당시 뉴욕에서 파리까지 의 단독 무착륙 횡단 비행에는 상금이 걸려 있었기 때문에 이 역시 린드버그의 이름을 유명하게 하는 데 한몫 거들었다.

충전지는 완전히 사용한 뒤에
충전해야 한다는 것은 거짓

당신은 휴대전화 등의 건전지 충전을 어떻게 하고 있는가? 건전지가 다 떨어져서 전원이 들어오지 않게 되면 그제야 허둥지둥 충전하는 사람, 건전지 표시가 한 칸이라도 지워지면 바로 충전하는 사람 등 각양각색일 것이다.

충전 방법에 관해 '건전지가 다 떨어지고 난 뒤에 충전하는 것이 좋다'는 말을 들은 적은 없는가? 근거는 알 수 없지만 좋다고 하니 그렇게 하고 있는 사람들도 있을 것이다.

하지만 현재의 건전지 만드는 기술로 볼 때 이는 아무런 의미가 없다.

충전지2차 전지에는 연축전지, 리튬이온전지, 니카드전지니켈카드뮴전지, 니켈수소축전지, 폴리머리튬 2차 전지 등 몇 가지 종류가 있는데, CD플레이어나 디지털카메라 등에 주로 사용되고 있는 것이 니카드전지, 휴대전화나 노트북에 이용되고 있는 것이 리튬이온전지다.

'완전히 사용한 뒤에 충전하는 것이 좋다'는 말이 나오게 된 이유는 니카드전지의 '메모리 효과' 때문이다. 메모리 효과란 건전지를 완전히 사용하지 않고 충전을 반복하면 실제 용량보다 적은 양밖에 사용하지 못하게 되어버리는 현상을 말한다. 즉, 완전히 충전하면 네 시간 사용할 수 있는 기계를 두 시간 사용한 뒤 충전하면 완전하게 충전해도 네 시간을 사용하지 못하게 되는 것이다.네 시간 사용한 뒤 충전을 하면 충전 후 네 시간을 사용할 수 있다.

이는 니카드전지의 문제점일 뿐 '완전히 사용한 뒤에 충전하는 것이 좋다'는 말은 메모리 효과가 어느 전지에나 있는 것이라고 생각한 사람들이 퍼뜨린 것에 불과하다.

요즘에는 니카드전지에서도 메모리 효과가 거의 일어나지 않기 때문에 중간에 충전을 해도 별 문제는 없다. 또한 휴대전화나 노트북에 사용되고 있는 리튬이온전지는 원래 메모리 효과가 발생하지 않기 때문에 도중에 충전을 해도 문제될 것이 없다.

파란불이
'전진'이라는 것은 거짓

파란불은 전진, 빨간불은 정지라는 것은 평소 교통신호를 잘 지키지 않는다 할지라도 상식 중의 상식이라고 할 수 있다. 하지만 파란불의 올바른 의미는 '전진'이 아니라는 사실을 알고 있는가?

파란불의 올바른 의미는 '전진할 수 있다'이다. 반드시 전진해야 한다는 것이 아니라 '전진해도 좋다'는 우선권이 주어진 것뿐이다. 발목을 잡는 것 같지만 법률적으로는 그렇게 규정되어 있다.

만약 올바른 의미가 '전진'이라면 신호등 너머에 정체나 사고가 일어났을 때에도 자동차를 몰고 차들이 밀려 있는 곳으로 돌진해 들어가야 하니 여간 위험한 일이 아닐 것이다. 파란불이 들어오면 주위의 상황을 잘 살핀 뒤 전진하라는 것이 파란불의 올바른 의미다.

물속에 들어갈 때 귀에 침을 바르면
물이 들어가지 않는다는 말은 거짓

최근에는 잘 볼 수 없지만 예전 만화나 영화에서는 수영장이나 바다에 들어갈 때 귀에 침을 바르는 모습을 흔히 볼 수 있었다. 그렇게 하면 귀에 물이 들어가지 않는다는 이유 때문이었다. 제대로 알지 못하고 의식적으로 그렇게 하는 사람도 있을 것이다.

하지만 이는 의학적으로 아무런 근거도 없는 사실이다.

그렇다면 왜 이 같은 동작을 하게 된 것일까?

옛날 어부나 해녀들은 귀마개 대신 풀을 조그맣게 말아 귀에 꽂았는데 그때 풀을 말기 쉽도록 하고, 귀에서 빠지지 않도록 하기 위해서 침을 발랐다고 한다. 그러한 행동에서 풀은 넣지 않고 침 바르는 것만 흉내 내 이와 같은 습관이 생긴 것이라고 한다.

물을 가느다랗게 틀어놓으면 수도세를 절약할 수 있다는 것은 거짓

옛날부터 '욕조에 물을 받을 때 실처럼 가느다랗게 졸졸 틀어놓으면 수도세를 절약할 수 있다'고 알려져 왔다. 그 말만 믿고 오랜 시간 동안 물을 받는 사람도 있을 것이다.

그러나 그런 사람들에게는 미안한 말이지만 요즘에는 그런 방법이 통하지 않는다.

수도세랑기는 물이 흐르면 톱니바퀴가 돌아가고 그 회전수에 따라서 표시 부분의 바늘이 움직인다. 이 톱니바퀴는 물이 흐르기만 하면 제아무리 소량이라 할지라도 움직이게 되어 있다. 한 번에 흐르는 물의 양에 따라서 톱니바퀴가 돌아가는 속도는 달라지지만, 받은 물의 양이 같다면 거기에 매겨지는 수도세는 똑같다.

예전에는 수도계량기가 그다지 정밀하지 못했기 때문에 물을 가느다랗게 틀어놓으면 그것을 감지하지 못하는 경우가 가끔 있었던 듯하다. 하지만 요즘에는 수도꼭지에서 아주 소량의 물이 떨어져도 전부 감지해낼 수 있을 정도로 기계가 정밀해졌다. 한 치도 속일 수 없는 것이다.

절약을 하려면 사용하지 않을 때는 수도꼭지를 꼭 잠그고, 물이 새지 않도록 함은 물론, 사용하는 양을 줄일 수밖에 없다.

꼭 잠갔는데도 물이 샌다면 수도꼭지의 패킹이 닳은 것일 수 있다. 이는 간단히 갈 수 있으니 정기적으로 체크하는 것이 좋다.

물을 틀어놓은 채 세수를 하거나 이를 닦지 말도록 하고, 세차를 할 때나 정원에 물을 줄 때는 목욕을 하고 남은 물을 사용하는 등 일상생활에서 절약을 실천해주기 바란다.

'북침'을 하면
흉하다는 것은 거짓

인간에게 수면은 매우 중요하다. 가능하다면 직장이나 학교에 가지 않고 마음껏 자고 싶다는 생각을 하는 사람도 많을 것이다.

이러한 수면에 없어서는 안 될 물건이 바로 베개. 자신이 사용하던 베개가 아니면 잠을 잘 못 자는 사람도 많으며, 베갯속의 재료도 천차만별이다. 호텔에서는 손님에게 맞는 베개를 맞춰주기까지 하는 시대가 되었다.

그런 베개와 관련된 말 중에 '북침北寢을 하면 흉하다'라는 말이 있다. 이유는 알 수 없지만 신경을 쓰는 사람들도 있을 것이다.

북침은 석가가 열반에 들 때 머리를 북쪽으로 두었다는 데서 유래되었다. 이후부터 죽은 사람들의 머리를 북쪽으로 향하게 했기 때문에 '살아 있는 사람은 머리를 북쪽으로 둬서는 안 된다'는 말이 생겨났다. 하지만 이는 의학적·과학적 근거가 없는 미신에 지나지 않는다.

요즘에는 '남에서 북으로 흐르는 자력에 따라 머리를 북쪽에 두면 편안하게 잠을 잘 수 있다'며 오히려 북침을 장려하는 사람들도 있다_{석가가 머리를 북쪽으로 둔 것도 자력의 흐름에 따른 것이라는 설이 있다}.

또한 풍수학에서는 북침을 하면 금전운이 좋아진다고 하여 이를 실천하고 있는 사람들도 많다.

방을 정하거나 가구의 배치를 바꿀 때는 미신에 연연하지 말고 침구의 위치나 햇볕이 드는 방향을 감안해서 가장 쾌적하게 잘 수 있는 방향을 택하는 것이 좋다.

● 석가가 머리를 북쪽으로 둔 이후부터 북침하는 풍습이 생겼다.

18

지진이 일어나면 불씨부터
단속하는 것은 잘못

지난 1년간 니가타新潟, 후쿠오카福岡, 도쿄東京 등지에 커다란 지진이 빈발했다. 지금까지 대지진을 경험하지 못했던 사람들도 실제로 그것을 체험하거나 피해지의 모습을 보고 위기의식을 느꼈을 것이다.

실내에 있을 때 큰 지진이 일어난다면 어떻게 행동해야 할까? 우선 화새를 막기 위해 가스레인지나 스토브의 불을 꺼야 한다고 생각하는 사람들이 많을 것이다. 하지만 이는 오히려 위험을 초래할 뿐이다.

심하게 흔들릴 때 불을 끄려고 하면 화상을 입거나 낙하물에 부딪쳐 부상을 입는 등 오히려 위험에 처하게 될 가능성이 높아진다. 특히 부엌은 찬장에서 그릇들이 튀어나오는 경우도 있으니 흔들리는 동안에는 접근하지 않는 것이 좋다.

충분히 서 있을 수 있고 물건이 떨어질 것 같지 않은 때라면 우선 불을 끄고 문을 열어 도망칠 길을 확보하는 것이 좋겠지만, 제대로 서 있을 수도 없을 정도로 흔들리는 경우라면 우선은 몸의 안전을 지키는 것이 무엇보다 중요하다. 테이블 밑으로 숨거나 숨을 만한 곳이 없는 경우 방석이나 쿠션, 두꺼운 잡지 등으로 머리를 보호해야 한다.

그렇다면 불은 그냥 내버려 두어도 괜찮다는 말인가 하고 불안을 느끼는 이들도 있을 것이다. 하지만 최근의 스토브나 가스레인지는 자동소화기능이 뛰어나기 때문에 옛날처럼 걱정하지 않아도 된다.

또한, 불 속에 식용유를 부어도 불이 바로 퍼지지 않는다는 실험 결과도 있다. 식용유의 발화온도는 350도로 그 이전까지는 자연발화하지 않는다. 단, 주위에 있는 천이나 종이에 불이 옮겨 붙으면 불길이 거세지니 평소 불 주위에 물건을 놓지 않도록 신경 써야 할 것이다.

불을 켜놓은 채 밖으로 도피한다는 것은 위험한 일이지만, 우선은 자신의 몸부터 지키고 흔들림이 가라앉은 뒤에 침착하게 불을 끄는 것이 좋다.

항균제품이
몸에 좋다는 것은 거짓

1996년, O-157이 유행했었는데 이를 계기로 주방과 욕실·화장실 용품은 물론 의류와 문구, 장난감에 이르기까지 수많은 물건에 '항균'이라는 마크가 등장하기 시작했다.

주변의 청결을 유지하는 것은 물론 중요한 일이지만 모든 일에는 한도라는 것이 있는 법이다.

인간의 몸에는 원래 상재균이라 불리는 균들이 있는데 이것들 덕분에 피부의 건강을 유지할 수 있다. 그런데 항균제품을 너무 많이 사용하면 '당연히 있어야 할 균' 까지 죽어버려 오히려 건강을 해치는 결과를 초래한다. 항균효과가 있는 수세미로 어항을 닦았더니 물고기가 죽어버렸다는 얘기는 흔하게 들을 수 있으며, 지나친 항균은 꽃가루 알레르기나 기타 알레르기 증상을 보이는 사람이 증가하게 되는 원인 중 하나라고도 한다.

그리고 늘 항균제품을 사용하면 내성균이 생겨서 감염증 등에 효과가 있는 항생물질이 효력을 발휘하지 못하게 된다는 사실도 증명되었다.

가만히 내버려 두면 사이좋게 공존할 수 있는 균과 인간의 관계를 굳이 파괴하는 것은 아무런 의미도 없는 행동이다. 특히 아기 때부터 '청결이 제일'이라며 항균제품을 남용하면 저항력이 약해져 앞서 기술한 것처럼 알레르기 반응을 나타내거나 쉽게 감기에 걸릴 우려가 있다.

또한 건강에 대한 문제들뿐만 아니라 표시방법에도 신빙성이 없다는 설들이 대두되고 있다.

상품에 '항균'이라고 표기하는 것에 대한 공적 기준이 마련되어 있지 않기 때문이다. 조금이라도 항균제가 포함되어 있으면 얼마든지 '항균효과 있음'이라고 선전할 수 있다. 또한 일시적인 붐에 편승한 열악한 상품도 있을 것이다.

즉, 청결을 유지하고 싶다는 생각만으로 '항균'이라 적힌 물건에 무조건 손을 내미는 것은 성급한 판단이 아닐 수 없다.

한약에는 부작용이
없다는 것은 거짓

'한방에 대해서 어떻게 생각하십니까?'라는 문구로 시작되는 제약회사의 방송광고가 있다. 그 방송광고 속에서 환자들이 '비쌀 것 같다', '시대에 뒤떨어졌다', '몸에 무리가 없을 것 같다'고 하는 말들은 시청자인 내가 봐도 '맞아, 맞아'라며 고개를 끄덕일 만한 내용들이다.

한약이란 원래 중국의 전통의학이 일본으로 건너와 일본에서 독자적으로 발전한 '한방의학'에 바탕을 두고 처방된 약을 일컫는다. 식물 등 자연의 것을 재료로 한 약이 많으며, 칡뿌리를 달여 만든 '갈근탕'은 감기약으로도 유명하다.

방송광고 속에서 말한 것처럼 한약은 '몸에 무리가 없을 것 같다'는 인상을 준다. 이는 앞서 기술한 대로 원재료가 자연 그대로의 것이기 때문에 그렇게 생각되는 것일지도 모른다. 화학물질을 조합하여 만든 약에 비하면 부작용이 훨씬 적은 것은 사실이지만 그렇다고 해서 아주 없는 것은 아니다.

한약에 의한 부작용 중에서 가장 흔히 볼 수 있는 증상은 설사, 현기증, 식욕부진, 복통 등이다. 감초, 부자, 지황, 대황 등이 포함되어 있는 한약은 부작용을 일으키기 쉽다. 하지만 부작용이 있다고 해서 '좋지 않은 약이다', '쓰고 싶지 않다'라고 생각하는 것은 너무 성급한 판단이다.

중국에는 '무독불약, 무약부독無毒不藥, 無藥不毒'이라는 말이 있다. '독성이 없으면 약이라고 볼 수 없고, 약이라면 독성이 없어서는 안 된다'는 뜻으로 실제로 독성을 이용한 한약도 있다.

부작용에는 약 자체가 원인이 되는 경우와 약을 잘못 사용해서 일어나는 경우가 있는데, 어쨌든 의사나 약사의 진단에 따라 올바른 지식을 가지고 사용한다면 큰 문제는 없을 것이다.

'한약에는 부작용이 없다'며 마음대로 판단하여 사용하는 일이 없도록 해야 한다.

21

임신 중에 애완동물을 기르면
아기가 나오지 않는다는 것은 거짓

신혼 때 애완동물을 기르려 했다가 '애완동물을 기르면 아기가 생기지 않는다'는 등의 말을 들은 사람도 많을 것이다.

애완동물이 질투하여 아이를 갖지 못하게 한다는 둥 갖가지 이유까지 달아가며 설명하는데 이는 아무런 근거도 없는 미신이다.

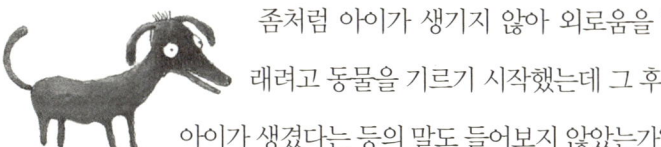

좀처럼 아이가 생기지 않아 외로움을 달래려고 동물을 기르기 시작했는데 그 후에 아이가 생겼다는 등의 말도 들어보지 않았는가?

이런 소문이 퍼지게 된 이유 중 하나로 '톡소플라스마 증'을 들 수 있다.

톡소플라스마 증이란, 가축이나 애완동물을 매개로 감염되는 병 중 하나로 애완동물과 접촉하거나, 육회, 살짝 구운 스테이크 등 날 것에 가까운 상태의 고기를 먹으면 감염되는 경우가 있다.

일본 성인 중 20퍼센트 정도가 이미 감염 경험이 있는 것으로 알려졌다.

건강한 사람들은 감염되더라도 면역력이 있기 때문에 증상은 거의 나타나지 않는다. 하지만 한 번도 감염된 적이 없어 항체를 가지고 있지 않은 임산부의 경우 혈액이나 태반을 통해서 태아에게도 감염되어 영향을 미친다고 한다.

태아가 감염된다 하더라도 증상이 나타나는 것은 출산 후 아이가 어느 정도 자란 뒤이기 때문에 아이가 나오지 않는 일은 없다. 대부분의 경우는 망막에 염증이 생겨 시력이 저하되거나 시야가 좁아지는 등 눈의 이상으로 증상이 나타난다.

결혼해서 처음으로 애완동물을 기르는 임산부라면 개의 뺨에 얼굴을 대고 문지르거나 입으로 먹이를 주는 등의 과도한 접촉은 피하는 것이 좋다.

A lie of common sense

22

휴대전화의 전파가 잘 통하지 않을 때
전화기를 흔들면 잘 통한다는 것은 거짓

　실외에서 휴대전화를 사용할 때 가장 난처한 경우는 전파가 잘 통하지 않을 때다. 주위의 소음까지 한몫 거들어 마치 콩트에 등장하는 할아버지처럼 커다란 목소리로 상대방에게 되묻는 사람들을 곧잘 볼 수 있다.

　실외에는 수많은 전파들이 어지러이 교차하고 있다. 그런 가운데 언제나 깨끗한 통화를 원한다는 것이 이기적인 생각이라는 사실을 잘 알면서도 우리는 절실하게 원하곤 한다.

　전파가 잘 통하지 않을 때나 안테나 표시가 하나밖에 없을 때 '전화기를 흔들면 안테나 표시가 늘어난다'는 말을 예전부터 들어왔다. 실제로 전화기를 흔드는 사람도 자주 볼 수 있다. 하지만 안타깝게도 전화기를 흔들어봤자 전파는 잘 통하지 않는다.

　원래 휴대전화란, 발신된 전파를 기지국에서 포착하여 그것을 다시 상대방에게 전파로 보내기 때문에 통화가 가능한 것이다.

캐치볼을 할 때 받는 사람이 비틀거리면 던져야 할 포인트를 찾지 못하는 것과 마찬가지로 휴대전화 단말기를 흔들면 기지국에서 전파를 포착하기 힘들기 때문에 상대방에게 전파를 보내기 힘들어진다.

전화기를 흔듦으로 해서 우연히 강한 전파를 포착하게 되는 경우가 있을지는 몰라도 그럴 가능성은 매우 희박하다.

흔들기보다는 밖으로 나가보거나 전파가 잘 통하는 곳, 예를 들어 지하에 있었다면 지상으로 나가보는 등 장소를 이동하는 방법이 더 현명하다. 또한 전원을 켤 때 전화기와 기지국 사이에 가장 활발하게 전파가 흐른다고 하니 전원을 껐다 켜거나 건전지를 바꿔 끼우는 것도 한 방법이 될 것이다.

23

건전지를 냉장고에 넣어두면
오래간다는 것은 거짓

휴대전화나 휴대용 음악플레이어 등 최근 충전식 건전지를 사용하는 제품이 많아지기는 했지만 그래도 일상생활에서 건전지는 없어서는 안 될 물건이다. 건전지가 떨어지지 않도록 한꺼번에 많은 양을 사놓고 쓰는 가정도 많을 것이다.

옛날부터 건전지를 보관할 때 '냉장고에 넣어두면 좋다'고 말하는 사람들이 있었는데 이는 잘못된 방법이다.

예전에는 건전지의 자기방전사용하지 않았는데도 저절로 방전되는 것을 막기 위해서 냉장고같이 온도가 낮은 곳에 보관하는 것이 좋았지만, 기술이 발달하여 자기방전 양이 줄어든 오늘날의 건전지는 상온에서 보관해도 크게 문제될 것이 없다. 너무 차갑게 하면 이슬이 맺혀 녹이 슬거나 합선의 원인이 되니 냉장고는 피하고 직사광선이 닿지 않는 곳에 보관하는 것이 좋다.

배꼽의 딱지를 떼면
안 된다는 것은 거짓

배꼽이란 참으로 신기한 부분이다. 태아일 때 어머니로부터 영양을 공급받기 위해서 탯줄과 연결해주는 것 외에는 특별히 하는 일이 없다. 태어나서 탯줄을 자르고 나면 단순한 흔적에 지나지 않는 것이 배꼽이다. 하지만 '배꼽을 빼다', '배꼽 밑에 어루쇠를 붙인 것 같다', '배꼽 떨어진 고장' 등 속담에도 많이 등장하며 '중심'이라는 의미로도 사용되는 등 의외로 중요한 부분이기도 하다.

그런데 배꼽과 관련된 유명한 얘기 중에 '배꼽의 딱지를 떼서는 안 된다'는 말이 있다. '떼면 배가 아프니 떼서는 안 된다'며 야단맞은 경험이 한 번쯤은 있을 것이다. 왜 이런 말이 생겨난 것일까? 그것을 해명하기에 앞서 배꼽 딱지의 정체에 대해서 밝혀보기로 하겠다.

배꼽의 '딱지'라 불리는 것은 사실 이물질이 쌓인 것이다. 다시 말하자면 때라고 할 수 있다. 피부의 각질이나 땀샘, 피지선에서 나온 분비물이 쌓여 검게 변한 것을 말한다.

배꼽은 움푹 파여 있고 주름이 있기 때문에 다른 곳에 비해 때나 이물질이 쌓이기 쉬울 뿐만 아니라 간단히 닦아낼 수가 없다. 자신도 모르게 끝이 뾰족한 물건이나 딱딱한 물건으로 배꼽을 파거나 하지는 않는가? 그러면 상처가 남아 아픔을 느끼게 된다.

'배꼽의 딱지를 떼면 배가 아프다'는 말은 파서는 안 된다는 뜻이 아니라 조심스럽게 파내야 한다는 뜻이다.

그대로 내버려 두면 냄새가 나기도 하고 위생적으로도 좋지 않으니 가끔은 면봉에 베이비오일 같은 것을 묻혀 닦아내듯 제거해 주는 것이 좋다.

● 태어난 이후부터 특별히 담당하는 기능은 없지만 몸의 중심을 나타내는 배꼽. 소중하게 생각하기 바란다.

25세부터 피부가 늙기 시작한다는
말은 거짓

　'인생의 내리막길'은 누구에게나 있다. 취직, 결혼, 정년퇴직……. 하지만 여성에게는 인생의 내리막길보다 '피부의 내리막길'이 더 중요하다. 흔히 '25세부터 피부가 늙기 시작한다'고들 전해진다. 25세가 넘으면 피부의 노화가 시작되기 때문에 관리에 신경을 써야 한다는 뜻인데, 실제로 25세에는 이미 내리막길에 들어선 것이라고 해도 좋을 것이다.

　피부 재생능력은 18세에서 20세 무렵이 정점으로 그 이후부터는 피부의 탄력도 떨어지고 오직 노화를 향해서만 달려갈 뿐이다. 30세쯤 되면 내장기능이 쇠약해지기 시작하고, 호르몬의 균형도 깨지기 쉽다. 그렇기 때문에 주름이나 주근깨가 생기기 쉬워지는 것이다. 나이 들어서도 아름다운 피부를 간직하고 싶다면 한 박자 빠른 관리가 필요하다.

26

털은 깎으면
더 굵어진다는 것은 거짓

여자에게 겨드랑이나 다리의 털을 제거하는 것은 세수를 하는 것과 마찬가지로 신경 쓰이는 일이다. 영구제모를 해버리면 좋겠지만 그러자니 돈이 들고⋯⋯. 결국은 매일 털을 제거할 수밖에 없다.

체모와 관계된 얘기 중에 '털은 깎으면 더 굵어진다'는 말이 있다. 실제로 이런 말을 들은 사람들도 많을 것이다. 아예 굵어지지 말라고 털을 자르지 않고 뿌리째 뽑아버리는 사람들도 있다. 하지만 이는 근거 없는 소문에 불과하다.

원래 털은 뿌리 부분이 얇은 상태로 자라기 때문에 중간 부분이 더 두껍다. 따라서 털의 중간을 자르면 그만큼 단면이 넓어져 더 검고 굵게 보이는 것뿐이다.

식초를 마시면 몸이
유연해진다는 것은 거짓

몸이 뻣뻣한 사람은 몸이 유연한 사람을 부러워한다.

상체 굽히기를 해도 손이 지면에 닿지 않고 다리 벌리기를 해도 다리가 벌어지지 않으면 약간의 패배감이 느껴지기도 한다.

몸을 부드럽게 하는 방법에는 스트레칭이나 요가 등 여러 가지가 있지만 운동을 싫어하는 사람에게 권할 만한 방법으로 알려져 있는 것이 '식초 마시기'다. 상당히 오래전부터 이 방법이 효과가 있다고 알려져 왔는데 과연 실제로 그럴까?

결론부터 말하자면 효과는 없다.

식초의 주성분인 초산이 칼슘을 녹이기 때문에 '뼈가 부드러워진다'고 생각한 듯하다. 날달걀을 식초에 담가두면 껍데기가 녹아 얇은 껍질만 남은 말랑말랑한 상태가 되는데 그런 모습을 본 적이 있는가? 달걀 껍데기의 주요 성분은 칼슘이기 때문에 초산에 의해 껍데기가 녹아 그와 같은 재미있는 현상이 일어나는 것이다.

그렇다면 인체 안에서는 어떨까? 칼슘이 녹아버릴 정도라면 '부드러움'의 차원을 넘어서 뼈가 녹아버리는 것이 아닐까 하는 생각이 들겠지만 그럴 염려는 없다. 식사나 음료를 통해서 섭취한 식초는 뼈에 작용하기 전에 내장에서 분해되어버린다.

그리고 몸의 유연성은 뼈의 유연성이 아니라 관절의 유연성에 의해 결정되기 때문에 설사 뼈에 변화가 생겼다 할지라도 몸이 유연해진다고는 할 수 없다.

몸의 유연성과는 관계가 없지만 식초에 포함되어 있는 구연산은 피로물질인 젖산을 분해하는 작용을 하고 어깨결림이나 요통을 완화시켜주는 역할을 한다. 그런 의미에서 '굳은 몸을 풀어준다'고 말할 수 있다.

그 외에도 식초는 변비나 구취, 생리불순의 개선에도 효과가 있으며 비타민C를 다량 함유한 음식과 함께 섭취하면 피부의 건강을 지켜주는 역할도 해준다.

산성비를 맞으면
대머리가 된다는 것은 거짓

'쿨비즈Cool Biz'는 냉방기의 설정온도를 높여도 쾌적하게 생활할 수 있도록 가벼운 옷차림을 권장하는 운동이었다.

원래 쿨비즈의 목적은 '냉방기의 설정온도를 높임으로 해서 지구 온난화를 방지'한다는 데 있었지만 실제로는 넥타이를 매지 않고서도, 상의를 걸치지 않고서도 얼마나 '멋지게 보이느냐?' 하는 데에만 관심이 집중되었다. 또한 전철이나 백화점 등에서는 변함없이 냉방기를 세게 틀어놓아 그 의미가 많이 퇴색되었다는 느낌을 받았다.

환경부는 가을, 겨울을 대비해 한걸음 앞서 '웜비즈Warm Biz'를 전개하겠다고 발표했는데 과연 원래의 목적에 부합하는 효과를 얻을 수 있을까?

최근 환경문제는 심각한 수준에까지 이르렀다.

우리들의 생활과 밀접한 관계가 있는 문제로는 앞서 기술한 지구온난화와 산성비 등을 들 수 있다.

산성비라는 말을 들으면 많은 사람들이 '산성비를 맞으면 머리가 벗겨진다'는 말을 떠올릴 것이다.

산성비란 말 그대로 산성을 띠는 비를 일컫는다_{눈이 되어 내리면 산성눈,} 안개가 되어 나타나면 산성안개가 된다. 일반적으로 비는 pH_{산성·알칼리성을 나타내는} 단위가 5.0 정도 되는 약산성인데, 공장에서 배출되는 연기와 배기가스, 화산가스 등에 포함되어 있는 질소산화물_{NOx}이나 황산화물_{SOx}이 공기 중의 산소나 물과 반응하면 농도가 옅은 초산이나 황산이 되어 내리게 된다.

초산이나 황산이라는 말을 들으면 만졌다가 몸이 녹아버리는 게 아닐까 하는 무시무시한 상상을 하게 된다. 하지만 산성비를 맞는 정도만으로는 그런 일이 일어나지 않는다.

일반적으로 산성비란 pH5.6 이하의 비를 말한다. 막연히 pH5.6 이하라고 하면 어느 정도인지 잘 모르겠지만 레몬이 pH2.5, 커피가 pH5~6.5, 비누가 pH7~10 정도라고 하면 대략 짐작이 갈 것이다. 참고로 수돗물의 수질 기준치는 pH5.8~8.6이다.

먹어도 아무 지장이 없는 레몬보다 pH가 높으니, 즉 산도가 낮으니 조금 맞는다고 해서 머리가 벗겨지거나 하지는 않는다.

하지만 비에 포함되어 있는 산성의 농도는 배출되는 질소산화물과 황산화물의 양에 따라 달라지는 것이기 때문에 앞으로도 무분

별한 개발이 계속되면 산성비가 지금보다 더욱 위험한 존재가 될 우려는 있다. 그런 상황에서 환경과 우리 자신을 지키기 위해서 지금 무엇을 해야 할지 생각해볼 필요가 있을 것이다.

● 황산화물(SOx), 질소산화물(NOx)이 배출된다 ➡ 유산·초산으로 변화, 빗물에 싸여 산성비가 된다.

미역을 먹어도
털은 나지 않는다

'대머리'가 되고 싶은 사람은 아무도 없을 것이다. 탈모증은 내
장의 병에 비한다면 건강상 아무런 영향도 주지 않지만 외모 면으
로는 마음에 커다란 상처가 되곤 한다. 아예 머리를 완전히 밀어버
리는 사람도 있지만, 대머리로 고민하는 많은 사람들은 '어떻게 대
머리를 숨길 것인가?', '어떻게 털을 늘릴 것인가?'에 신경을 쓰고
있을 것이다. 손쉽게 털을 늘릴 수 있는 방법으로 알려진 음식 중
유명한 것이 김과 미역, 다시마 같은 해초류다. 머리카락이 없어 고
민하고 있는 사람들은 거의 예외 없이 해초를 많이 섭취하고 있다.
지금까지 열심히 해초를 먹어온 사람들에게는 미안한 얘기지만,
해초에 직접적으로 탈모를 방지하거나 발모를 촉진시키는 효과는
없다. 해초를 먹음으로 해서 머리카락에 영양분을 제공할 수는 있
지만 머리카락 수를 늘릴 수는 없다.

혀를 깨물면
죽는다는 것은 거짓

"당신에게 제 몸을 허락하느니 차라리 죽어버리겠어요!"

자신의 정조를 지키기 위해 혀를 깨물어 자결해버리는 가엾은 여염집 처자.

정탐을 하다 들키는 바람에 "자, 모든 걸 털어놓으시지!"라고 자백을 강요받자 혀를 깨물어 비밀을 지키는 닌자.

이 '혀를 깨물어 죽는 것'은 사극에 단골메뉴로 등장하는 자해방법이다. 도구도 필요 없고 마음만 먹으면 어디서나 바로 실행에 옮길 수 있기 때문에 궁지에 몰린 사람이 돌발적으로 취하는 행동이라는 인상을 준다.

하지만 요즘 같은 시대에 이런 식으로 죽는 사람은 없을 것이다. 간혹 식사를 하다가 실수로 혀를 깨물곤 하는데 그것만으로도 상당한 아픔이 느껴진다. 그런데 잘려나갈 정도로 힘을 줘서 깨문다니 생각만 해도 소름이 돋는다. 두꺼운 소 혓바닥을 씹고 있으면 자신의 혀를 씹고 있는 듯한 느낌이 드는데 그것과는 차원이 다른 얘기다. 틀림없이 자살 방법 중에서 통증이 가장 심한 것 중 하나일 것이다.

그런데 사극이나 소설을 보면 이 방법으로 자살을 시도했다 실패하는 경우를 거의 볼 수 없으니 성공률이 매우 높은 방법인 듯한데 실제로는 어떨까?

사실 혀를 깨물어 죽을 확률은 매우 낮다. 아니, 거의 죽지 않는다고 해도 좋다.

혀를 깨물면 잘리고 남은 부분이 목구멍을 막아 질식해 죽는 것으로 알려져 있는데 대부분은 기침을 해서 뱉어내기 때문에 질식까지는 가지 않는다. 출혈에 의한 사망도 생각해볼 수 있지만 혀를 깨물어 끊으면 근육의 수축이 일어나 혈관이 막혀버린다. 또한 혀를 잘랐을 때 나오는 피의 양은 배를 갈랐을 때 나오는 양과 비교하면 아주 적기 때문에 죽을 정도의 다량 출혈은 없다고 봐야 한다.

만약 죽는다고 한다면 잘려나간 부분에 생긴 염증이나 혀를 잘라낸 충격이 그 원인일 것이다. 혀를 잘랐다고 해서 바로 염증이 생기는 것은 아니기 때문에 의사에게 실려 가 목숨을 건지는 경우도 있을 것이다. 그렇다면 성공률은 더 떨어지게 된다.

A lie of common sense

31

가위눌림이
심리현상이라는 것은 거짓

잠을 자다 갑자기 공포에 휩싸이며 몸을 움직일 수 없게 되는 경험을 해본 사람들이 있을 것이다. 사람들은 일반적으로 이것을 '가위눌림'이라 부르며 심령현상인 것처럼 말하지만 실제로는 심령현상이 아니다.

의학적으로 말하자면 가위눌림은 '수면마비'라는 것인데, 눈을 움직이는 것과 호흡을 하는 것 외에 몸의 근육이 글자 그대로 수면 중에 마비되어버리는 현상을 일컫는다.

수면에는 '잠은 깊이 들었지만 뇌파는 깨어 있는 상태'인 렘수면과 렘수면 이외의 상태를 가리키는 논렘수면이 있다.

렘수면의 렘REM은 'Rapid Eye Movement'의 약어로 수면 중에 눈동자가 빠르게 움직이는 상태를 말한다.

여기서도 알 수 있듯 렘수면 상태란 몸은 잠들어 있지만 머리는 깨어 있는 상태를 말한다.

렘수면 중 잠에서 깨어나면 머리는 이미 깨어 있는 상태이기 때문에 문제가 없지만 잠들어 있는 몸은 힘이 빠져 있는 상태라 마음대로 움직일 수가 없다. 이것이 '가위눌림'의 원리인 것이다. 렘수면 상태에 있을 때 꿈을 꾸는 경우가 많은데 꾸고 있던 꿈이 환각이 되어 나타나는 경우도 있다. 가위에 눌렸을 때 유령을 봤다고 말하는 사람들이 많은데 그것은 바로 이 환각현상 때문이다.

또한 수면마비는 사춘기에 많이 나타나는 것으로 알려져 있는데 수면부족이나 불규칙한 생활을 하고 있을 때, 혹은 스트레스가 쌓였을 때 일어나는 경우가 많기 때문에 이와 같은 부정적인 요인이 공포감이 되어 심령현상처럼 생각되는 것일지도 모른다.

가위눌림 자체는 병이라고 할 수 없지만 기면증嗜眠症, 즉 시간과 장소를 가리지 않고 잠들어버리는 병에 걸린 사람들에게서 흔히 볼 수 있는 증상이므로 너무 자주 일어나면 기면증이 아닐까 의심해봐야 할 것이다.

브래지어를 착용하지 않으면
가슴이 처진다는 것은 거짓

최근 '인공 젖꼭지유두 보정용, 성적 매력을 어필하기 위한 도구'라는 것이 유행하고 있다.

여자 테니스계에서 인기를 독차지하고 있는 '러시아의 요정' 마리아 사라포바 선수도 착용을 했다는 둥 안 했다는 둥 한때 화제가 되기도 했으니 들어본 이들도 많을 것이다.

인공 젖꼭지를 착용하느니 차라리 브래지어를 착용하지 않으면 되지 않겠나 싶은 생각이 들기도 하지만 유행이란 참으로 알 수 없는 것이다. 원래 남자를 기쁘게 하기 위해서 만들어진 것인지 어떤지는 모르겠지만 남자들도 잔뜩 기대를 했다가 '가짜였어?'라며 실망을 하게 될 것이다.

'브래지어를 착용하지 않으면 가슴이 처진다'는 말이 있는데, 대부분의 여자들은 틀림없을 것이라 굳게 믿고 있다.

축 늘어져 시들어가기 시작하는 가슴은, 본인은 물론 그것을 보는 사람에게까지 안타까움을 준다. 젊었을 때부터 브래지어로 확실하게 받쳐주면 문제없다고 생각하는 사람이 많아, 심지어는 잘 때까지도 브래지어를 착용한 채 자는 사람도 있다.

하지만 가슴이 처지는 것과 브래지어와는 전혀 관계가 없다. 가슴의 탄력은 피하지방이 얼마나 되느냐에 따라 결정된다. 물론 피하지방이 많아야 탄력 있는 가슴이 되며 피하지방의 양은 호르몬과 식생활, 운동, 연령에 따라 좌우된다. 또한 피부의 탄력도 중력에 맞서 가슴을 지탱하는 데 중요한 역할을 한다.

즉 가슴이 처지느냐 마느냐, 아름다운 형태를 유지하느냐 못 하느냐 하는 것은 피하지방의 양과 피부 상태에 달려 있는 것이다.

나이를 먹어감에 따라서 가슴이 처지는 것은 피하지방이 감소하고 피부의 탄력이 없어지기 때문이다. 조금이라도 처지는 것을 막고 싶다면 피부의 탄력을 유지하기 위해 노력해야 할 것이다.

흰머리를 뽑으면
더 늘어난다는 것은 거짓

　흰머리가 보여 "뽑아줄까?"라고 물으면 "싫어, 더 늘어나"라고 대답하는 사람을 본 적이 있을 것이다. 그러다가도 자신의 머리에 난 흰머리를 발견하면 의외로 별 망설임 없이 쏙쏙 잘도 뽑아낸다.

　'흰머리를 뽑으면 더 늘어난다'는 말은 과학적 근거가 없는 헛소문에 불과하다.

　우선 흰머리가 생기는 원인에 대해 설명해보겠다.

　흰머리는 멜라닌 색소를 만드는 모근에 있는 세포^{멜라노사이트}가 소실되면서 생기는 것으로 일종의 노화현상이라고 할 수 있다. 스트레스가 원인이 되어 일어나는 경우도 있는데 고심을 하면 흰머리가 생긴다는 말은 바로 이 스트레스에 의한 증상을 두고 하는 말이다.

　멜라노사이트의 소실은 각 머리카락 한 올 한 올에 대해서 따로 일어나는 현상이기 때문에 한 가닥을 뽑았다고 해서 주위에 있는 머리카락까지 영향받지는 않는다.

하지만 흰머리가 있었던 곳의 모공은 멜라노사이트가 소실되었기 때문에 다음에도 흰머리밖에 자라지 않는다. 흰머리가 늘어나는 것처럼 보이는 이유는 바로 흰머리를 뽑아냈던 모공에서 다시 흰머리가 자라나기 때문일 것이다.

참고로 흰머리를 자꾸만 뽑으면 머리카락을 만드는 모근이 상해 머리카락이 나지 않거나 주위의 두피까지 상하게 되는 경우도 있으니 정 신경이 쓰인다면 가위로 잘라내는 것이 좋다.

숙취에는 해장술이
좋다는 것은 거짓

아침에 일어나면 머리가 아프고 속이 울렁거리며……. 이미 일이 이렇게 된 이상 어젯밤의 과음을 후회해본들 소용없다.

조개를 넣은 된장국이나 감, 고추 등 숙취해소에 좋다는 것들은 헤아릴 수 없지만 그중에서도 으뜸이라고 알려진 것 중 하나가 바로 '해장술'이다. 술로 인해 얻은 고통은 술로 해소한다는 것이다.

흔히 해장술을 마시면 혈중 알코올 농도가 높아지고 감각이 마비되어 숙취로 인한 불쾌감을 느끼지 못하게 된다고 알려져 있다. 하지만 이것은 어디까지나 '일시적인 현상'에 불과하다. 해장술로 마신 알코올도 시간이 지나 혈중 알코올 농도가 떨어지면 숙취와 같은 증상을 불러일으킨다. 해장술로 숙취를 해소하려면 영원히 술을 마시지 않으면 안 될 것이다.

코피가 날 때 목의 뒷부분을
두드리면 피가 멈춘다는 것은 거짓

학교에서 여학생이 코피를 흘리면 모두가 걱정하지만, 남학생이 코피를 흘리면 "야한 생각했지?"라는 등의 말을 한다. 옛날 만화영화에는 '코피를 흘리면 모두가 걱정해주고 잘 대해준다'며 열심히 코피를 흘리려고 노력하는(?) 장면이 있었는데 아이들에게 코피는 좋든 싫든 하나의 커다란 이벤트인 듯하다.

하지만 코피는 몸의 이상을 알리는 신호이니 마냥 기뻐하고 있을 수만은 없다. 코피가 나오면 목의 뒷부분을 두드리는 사람을 흔히 볼 수 있는데 이는 잘못된 행동이다. 우선은 콧구멍에 솜을 가져간 후 코를 세게 쥐어야 한다. 단, 티슈를 사용하면 피와 함께 굳어버려 빼낼 때 상처가 나기 쉬우니 솜과 같은 부드러운 것을 사용해야 한다. 그래도 멈추지 않는다면 코 주위를 젖은 수건으로 식혀주는 것이 좋다.

화상을 입었을 때
알로에를 붙이면 좋다는 것은 거짓

주변에서 흔히 볼 수 있는 것들로 부상이나 병을 치료하는 '민간요법'은 실로 다양하다. 실제로 효과를 보이는 것에서부터 근거 없는 미신에 이르기까지 헤아릴 수도 없이 많은 방법들이 있는데 그중에서도 유명한 것이 '화상을 입었을 때 알로에를 잘라 붙이면 좋다'는 것이다.

알로에란 백합 과 알로에 속 다육식물의 총칭으로 길고 가느다란 톱니 형태에 수분이 풍부한 잎이 특징이다.

알로에 요구르트 등 식용으로 쓰고 있는 것은 주로 알로에 아보레센스와 알로에 베라라는 종류로 일반 가정에서 기르고 있는 것의 대부분은 알로에 아보레센스다. 서구에서 알로에 베라는 원래부터 허브로 이용되어왔다. 의약품으로 사용되고 있는 것은 알로에 페록스와 알로에 아프리카나와 같은 종류다. 위장장애, 변비 등에 효과가 있으며 '의사가 필요 없다'고도 일컬어지고 있다.

그런데 '화상에는 알로에를 붙여라'는 말이 있다. 실제로 집에서 기르는 알로에를 잘라 붙였더니 통증이 가셨다고 말하는 사람이 있을지도 모르겠다. 하지만 이는 대부분의 경우 알로에에 포함되어 있는 수분 덕에 화상 부위가 냉각, 보습되었기 때문이다. 즉, 흐르는 물에 상처를 대고 있으면 통증이 사라지는 것과 같은 원리다.

기르고 있는 알로에를 잘라 붙이면 흙이나 알로에가 가지고 있는 균이 상처로 들어가거나 알로에의 섬유질이 상처에 들러붙어 통증을 유발할 수도 있으니 피하는 것이 좋다. 섬유질이 들러붙은 채 상처가 굳어버리면 떼어낼 때도 통증을 느껴야 하는 등 오히려 더욱 커다란 고통을 맛보게 된다. 피부가 약한 사람에게는 피부염의 원인이 되기도 하니 더욱 주의할 필요가 있다.

화상을 입으면 통증이 가실 때까지 흐르는 물로 상처를 식혀야 한다. 이때 상처에 옷이 닿았다면 옷을 벗어서는 안 된다. 통증이 가시면 바로 병원으로 달려가자.

● 먹으면 건강에 도움이 되지만
화상의 경우에는 오히려 역효과를 낼 우려가 있다.

땀을 흘리면
열이 내려간다는 것은 거짓

감기에 걸려서 열이 나면 정말로 괴롭다.

옛날부터 열을 내리는 데는 땀을 흘리는 것이 가장 좋다고 알려져왔기 때문에 대부분의 사람들은 뜨거운 음식을 먹은 뒤, 두꺼운 옷을 입고 자는 것이 회복을 위한 가장 빠른 길이라고 생각한다.

하지만 이는 역효과를 가져올 뿐이다.

원래 열이 내릴 때 땀이 나는 것이지, 땀을 흘린다고 해서 열이 내려가는 것은 아니다. 즉, 해열이 되는 것은 아니라는 뜻이다.

두꺼운 옷을 입거나 뜨거운 음식을 먹어 억지로 땀을 빼면 오히려 체력이 소모되어 열이 올라가는 원인이 되거나 땀띠가 생길 수도 있으니 억지로 땀을 내려 하지 않는 것이 좋다.

다른 사람에게 감기를 옮기면
감기가 떨어진다는 것은 거짓

한 사람이 감기에 걸리면 주위 사람들도 차례로 감기에 걸린다. 맨 처음 감기에 걸린 사람은 '너 감기 옮기지 마'라는 말을 듣게 마련. 하지만 다른 사람에게 감기를 옮기면 감기가 떨어진다는 것은 과학적 근거가 없는 거짓이다. 감기는 인터페론체내에서 만들어지는 단백질의 일종이 바이러스의 증식을 억제하고 면역담당 세포가 바이러스를 퇴치함으로써 치료되는 것이다. 이는 체내에서 일어나는 일로, 남에게 옮겼기 때문에 자신의 감기가 떨어진다는 것은 있을 수 없는 일이다. 하지만 기침이나 재채기를 하면 바이러스가 밖으로 튀어 나와 주위 사람들의 체내로 들어가기 때문에 여러 사람이 감기에 걸리게 된다. 보통 감기는 1주일 정도면 완치되기에 옮은 사람이 증상을 나타낼 때쯤이면 옮긴 사람에게서는 증상이 사라져 '다른 사람에게 감기를 옮기면 감기가 떨어진다'는 말이 생겨난 듯하다.

잠꼬대하는 사람에게
말을 걸어서는 안 된다는 것은 거짓

사람이 무방비 상태로 잠들어 있으면 자신도 모르게 장난을 치고 싶어지는 법이다. 코를 쥐어보거나 이마에 낙서를 해보는 등의 장난은 어디서나 흔히 볼 수 있지 않을까?

잠꼬대하는 사람에게 말을 거는 것 또한 그런 장난 중에서 흔히 볼 수 있는 것이다. 그런데 '잠꼬대하는 사람에게 말을 걸면 꿈의 세계에서 돌아오지 못하게 된다'는 말을 듣고 그 이후부터 그런 장난을 하지 않게 된 사람이 있을지도 모르겠다.

하지만 이는 과학적으로도 의학적으로도 아무런 근거가 없는 미신이다.

잠꼬대도 앞서 '가위눌림이 심령현상이라는 것은 거짓'에서 설명한 렘수면 상태에 있을 때 일어나는 현상이다. 가위눌림과 마찬가지로 스트레스가 원인이 되는 경우도 있다.

왜 '말을 걸어서는 안 된다'는 말이 생겼는지 정확히 알 수는 없지만 아마도 '잠들어 있는 사람을 깨우면 가엾으니 조용히 해라'라는 의미에서 비롯된 듯하다.

고농도 산소가
건강에 좋다는 것은 거짓

다이어트와 마음을 편하게 해주는 데 효과가 있다고 하여 고농도 산소를 도입한 '산소 바'와 '산소 캡슐'이 유행하고 있다. 휴대용 호흡기도 등장하여 손쉽게 산소를 흡입할 수 있게 되었다.

하지만 건강한 사람이 고농도 산소를 의도적으로 계속해서 흡입하는 것은 오히려 몸에 좋지 않다.

고농도 산소를 과도하게 섭취하면 활성산소가 늘어나 심폐기능에 악영향을 주거나 주름이 생기는 원인이 된다.

활성산소란 전자 상태가 불완전한 산소 분자로, 세균과 바이러스를 죽이는 역할도 하기 때문에 없어서는 안 되지만 너무 많으면 앞서 기술한 것과 같은 위험이 발생한다.

격렬한 운동을 한 뒤나 병으로 호흡이 곤란한 사람이 산소호흡기를 사용하는 것은 유용하다. 하지만 평상시에는 심호흡을 몇 번

반복하는 것만으로도 충분하다. 일부러 돈을 들여서까지 활성산소
가 늘어나게 되는 원인을 만들 필요는 없다.

41

뇌의 주름이 많은 사람이
머리가 좋다는 것은 거짓

나이와 함께 늘어가는 주름은 여성에게 백발, 검버섯과 함께 최대의 적이라 할 수 있다. 특히 얼굴의 주름은 단 한 줄이라도 용납할 수가 없다. 하지만 나이와 상관없이 주름이 많은 부분이 있다. 바로 뇌다.

'뇌의 주름이 많은 사람은 머리가 좋다'는 말을 흔히들 하는데, 과연 그 말은 사실일까?

결론부터 말하자면 그렇지 않다.

언어·행동능력이 뛰어난 인간의 뇌에는 수많은 주름이 있다. 그에 비해 다른 동물들은 인간만큼 뇌에 주름이 많지 않다. 쥐 같은 경우는 거의 주름 없이 매끈매끈하다.

이런 사실들만 놓고 보자면 역시 뇌의 주름과 능력의 우열 사이에는 어떤 상관관계가 있는 것처럼 생각되지만 사실은 뇌에 인간보다 더 많은 주름을 가진 동물이 있다. 바로 돌고래다.

인간과 돌고래의 뇌를 비교해보면, 인간의 뇌는 백자처럼 보이지만 돌고래의 뇌는 백자에 금이 가 있는 것처럼 보일 정도로 주름이 많다. 돌고래 쇼를 보면 머리가 좋은 동물임에는 틀림없는 듯하다.

그렇다고 해서 돌고래가 인간보다 머리가 좋다고 한다면 아무도 믿지 않을 것이다. 또한 인간 뇌의 주름을 조사해보아도 세대나 인종 간에는 큰 차이가 없다. 이런 사실들로 봐서 주름의 많고 적음으로는 능력을 비교할 수 없다는 사실을 알 수 있다.

주름의 숫자와 관계가 없다면 무게와 관계있는 것이 아닐까, 생각하는 사람도 있을 것이다.

하지만 세계적으로 유명한 인물들의 뇌를 비교해보면, 러시아의 작가 투르게네프의 뇌는 2,012그램이나 됐는데 아인슈타인의 뇌는 1,230그램밖에 되지 않았다고 한다. 따라서 무게와 관계가 있다고도 할 수 없다.

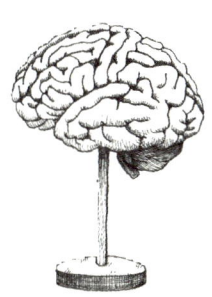

● 인간의 뇌모형. 주름의 숫자와 능력의 우열은 서로 비례하지 않는다.

42

근시인 사람은
노안에 걸리지 않는다는 것은 거짓

노화. 가능하다면 누구나 듣고 싶지 않은 말일 것이다.

언제나 젊음을 유지하고 싶다는 것은 결코 사치스러운 고민이
아니다.

노화현상 중에서도 가장 두드러지는 것 중 하나가 바로 노안이
다. 어느 날부터인가 가까이에 있는 물건이 점점 흐릿하게 보인다.
하지만 책이나 신문을 멀리 떨어뜨린 채 눈을 가늘게 뜨고 읽으면
마치 '노안입니다'라고 광고하고 다니는 것 같아 그렇게는 하고 싶
지 않다. '안경을 껴야 하나'라는 생각이 들면 갑자기 마음까지 늙
어버린 듯한 느낌이다.

노안이란 정확히 '노시^{老視}'라 불리는데 수정체를 조정하는 근육
의 쇠약이 원인이 되어 일어나는 것이다. 가끔 원시와 혼동되기도
하는데 원시는 먼 곳을 볼 때 일어나는 굴절이상이며, 노안은 가까

운 것을 볼 때 일어나는 수정체의 조절이상이다. 증상이 빨리 나타나는 사람은 40세 정도부터 노안이 시작된다.

그런데 '근시인 사람은 노안에 걸리지 않는다'는 말을 들어보았을 것이다. 지금까지 시력도 좋고 눈의 건강을 잘 유지해온 사람은 '참으로 불공평한 일'이라고 느낄 것이다. 하지만 이는 거짓이니 안심(?)하기 바란다. 노안은 젊었을 때의 상태와는 관계없이 누구에게나 찾아오는 증상이다.

인간의 눈은 초점을 맞춰 가까이에 있는 물건을 보려 한다. 노안은 앞서 기술한 바와 같이 초점을 조절하는 기능에 이상이 생겨 일어나는 현상이다. 근시인 사람이 노안에 걸리지 않는다는 말은, 원래 근시가 가까운 물건에 초점이 맞은 상태로 가까이에 있는 물건은 잘 보이기 때문에 노안에 걸린 것을 깨닫지 못하는 데서 나온 듯하다.

43

사우나를 하면
살이 빠진다는 것은 거짓

사우나에서 땀을 줄줄 흘리며 잠꼬대처럼 살이 빠진다고 중얼거리며 힘을 내는 여성들을 볼 수 있다.

일반적으로 알려진 사우나는 핀란드식으로 고온 건조한 곳에서 한다. 산장처럼 나무로 만들어진 사우나실 속의 온도는 100도 가까이 되며 그 안에서 땀을 흘린 뒤에는 냉탕으로 들어가 몸을 식힌다. 이를 반복하면 몸의 신진대사가 좋아진다. 핀란드식 사우나 중에는 실내에 돌을 깔아놓고 뜨거워진 돌에 물을 뿌려 온도를 더욱 높이는 것도 있다.

그 외에도 스팀사우나라 불리는 증기의 열로 사우나 효과를 얻는 것_{호흡기가 약한 사람에게 좋다}이나, 돌가마 같은 실내에 삼베로 만든 천을 뒤집어쓰고 들어가 땀을 흘리는 한국 전통의 사우나 '한증막' 등 세계 각지에 여러 종류가 있다. 최근에는 목욕탕이나 스포츠센터 등에도 사우나가 있어 손쉽게 즐길 수 있다.

신진대사가 좋아지는 것으로 알려져 많은 사람들이 갖가지 사우나를 이용하고 있지만 대부분의 여성은 다이어트 효과를 기대하고 이용하는 듯하다.

하지만 사우나로 다이어트 효과를 기대하기는 어렵다.

물론 사우나에서 바로 나와 몸무게를 재보면 몇 킬로그램 줄어 있을지도 모르겠다. 하지만 그것은 체내의 수분이 땀으로 배출된 것일 뿐, 수분을 보급하면 다시 원래대로 되돌아가 버린다_{수분을 보급하지 않으면 탈수증상을 일으키기 때문에 위험}.

체중을 줄이려면 운동 등을 통해서 체내 지방을 에너지로 연소시켜야 한다.

참고로 발한작용은 65도 정도에서 가장 활발하게 일어나며 온도가 높다고 해서 무조건 땀이 많이 나는 것은 아니니 온도가 높은 사우나에서 너무 무리할 필요는 없다.

44

담배를 피우면
살이 빠진다는 것은 거짓

최근 대중매체를 통한 담배 광고가 사라졌고 보행 중의 흡연을 금지하는 자치단체가 늘어나는 등 금연운동이 활성화되고 있다. 흡연자들은 자신들이 설 곳이 없다며 한탄하고 있다. 하지만 냄새에 대한 혐오감이 있거나 2차 흡연에 의한 피해를 걱정하는 비흡연자들에게는 매우 고마운 운동이라고 할 수 있다.

그런데 이런 금연운동과는 관계없이 미성년자와 여성의 흡연이 눈에 띈다.

여성이 담배를 피우는 모습이 멋있다고 생각되는가, 멋이 없다고 생각되는가? 사람에 따라 기준은 다르겠지만 손가락 사이에 끼워져 있는 담배 끝에 립스틱이 선명하게 묻어 있을 때, 이런 모습은 그다지 멋있게도 아름답게도 보이지 않는다.

여성들이 담배를 피우는 이유 중 대부분은 '다이어트 효과' 때문이 아닐까? 담배를 피우면 체중이 늘지 않는다는 말은 많은 사람들이 믿고 있는 소문 중 하나다.

물론 담배를 피우면 체중이 줄어드는 경우가 있기는 하다. 하지만 그것은 몸을 망치는 일에 다름 아니다. 담배를 피움으로 해서 식욕이 저하되어 영양이 부족해질 염려도 있으니 다이어트를 위한 흡연은 그만두는 것이 좋다.

담배를 피우면 체내에 들어온 유해물질을 제거하기 위해 에너지가 소비되기 때문에 일시적으로는 체중감소 현상이 일어나지만 건강하게 살이 빠진 것이라고는 할 수 없다.

그리고 '담배를 끊었더니 살이 쪘다'라고 말하는 사람도 있는데 이는 담배를 끊음으로 해서 유해물질을 제거하기 위한 에너지 소비가 사라지고, 미각과 후각이 회복되어 음식이 맛있어져 자신도 모르게 과식을 하게 되기 때문이다. 하지만 이것이 원래의 건강한 상태이니 담배와 같은 해로운 방법으로 체중을 빼려 하지 말고 평소 식습관과 운동에 신경을 쓰는 것이 좋다.

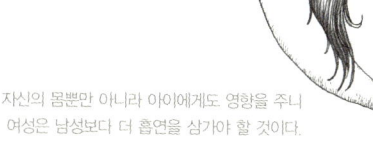

● 자신의 몸뿐만 아니라 아이에게도 영향을 주니
여성은 남성보다 더 흡연을 삼가야 할 것이다.

45

왼손잡이는
일찍 죽는다는 것은 거짓

이 세상은 오른손잡이들의 사회다. 인간의 90퍼센트가 오른손잡이인 것으로 알려져 있다.

어느 쪽 손을 주로 쓰느냐를 결정하는 요인이 무엇인지 아직 확실히 밝혀지지는 않았지만 유전과 생활습관에 의한 부분이 클 것이다. 예전에는 왼손을 쓰는 것이 좋지 않다는 사회적 통념이 있었기 때문에 왼손잡이를 억지로 교정시키곤 했지만 요즘에는 그런 일도 드물어져 텔레비전에서도 왼손잡이를 자주 볼 수 있다. 스포츠 선수 중에는 왼손잡이사우스포가 더 대우를 받는 경우도 있으며 일부러 왼손을 쓰는 훈련을 하는 오른손잡이도 있을 정도다.

일반적으로 오른손잡이는 좌뇌를, 왼손잡이는 우뇌를 자주 사용하기 때문에 오른손잡이는 학자, 왼손잡이는 예술가에 적합하다고도 알려져 있다.

그런데 왼손잡이와 관련된 얘기 중에 '왼손잡이는 일찍 죽는다' 는 말이 있다. 오른손잡이라면 왼손잡이에게 한 번쯤은 말한 기억 이 있을 것이다. 반대로 왼손잡이는 귀에 못이 박힐 정도로 들어왔 을 것이다.

하지만 이것은 의학적 근거가 없는 말이다.

앞서 말한 바와 같이 세상 사람들 대부분은 오른손잡이다. 그 때 문에 자동 개찰구나 판매기, 엘리베이터 버튼 등과 같은 공공시설 물에서부터 가위, 컴퓨터 마우스 등과 같은 작은 물건들에 이르기 까지 모든 도구가 오른손잡이용으로 설계되어 있다.

이와 같은 오른손잡이용 도구를 제대로 활용하지 못해 사고가 일어나는 경우도 가끔 있다. 또한 불편함이 스트레스의 원인이 되 는 경우도 있기 때문에 이를 좀 과장해서 '왼손잡이는 일찍 죽는다' 는 말이 생겨난 듯하다.

46

하이힐을 신으면
다리가 가늘어진다는 것은 거짓

청바지 같은 털털한 옷을 입었다 할지라도 하이힐을 신으면 여성스러움이 느껴진다. 또각또각 구두소리를 내며 걸어가는 모습을 보면 '능력 있는 여자'라는 생각이 들기도 하고, 지적으로 보이기도 한다. 자신을 강조하고 싶을 때 좋은 아이템이라 할 수 있다.

　　설명을 해도 대부분의 남자들은 잘 모를 테지만 참고로 하이힐이란, 글자 그대로 굽이 5센티미터 이상 되는 구두를 일컫는 말이다. 끈이나 걸쇠 없이 그냥 신을 수 있는 모양의 구두를 펌프스, 뒤꿈치를 감싸는 부분 없이 발끝과 발등만을 덮는 슬리퍼처럼 생긴 것을 뮬이라고 부른다.

　　남자라면 자신들이 신고 있는 운동화나 구두, 샌들에 비해서 여자들이 신는 신이 너무 좁아 보인다는 생각을 한두 번쯤 한 적이 있을 것이다. 특히 하이힐은 발끝이 너무 꼭 낄 것처럼 생겼다. '왜 고생을 하면서까지 하이힐을 신는 거지?'라고 생각할지도 모르겠지만 아름다움을 위해서라면 여성은 다소간의 고통은 감내하는 법이다.

여성들 사이에서는 하이힐을 신으면 다리가 가늘어진다는 말이 있다. 발끝으로 걸어야 하기 때문에 발목 운동이 되어 다리가 가늘어질 것 같은 느낌이 들기도 한다. 일 때문에 어쩔 수 없이 하이힐을 신어야 하는 사람도 있지만, 대부분의 여성들이 '다리를 가늘게 하기 위해서' 하이힐을 애용한다고 해도 과언은 아니다.

하지만 이는 잘못된 정보로, 하이힐을 신었다고 해서 다리가 얇아지지는 않는다. 이렇게 말하면 여성들이 항변할지도 모르지만, 사실 다리가 얇아진다는 의학적 근거는 어디에도 없다.

하이힐을 신으면 윤곽이 뚜렷이 드러나기 때문에 다리가 날씬해 보이는 것은 사실이다. 하지만 그것은 어디까지나 그렇게 보이는 것뿐이다.

실제로 신어보면 알 수 있는데, 바닥의 두께가 일정한 구두는 발바닥 전체에 체중이 실리는 데 반해 하이힐은 발가락 부분에 상당한 부담이 실리게 된다. 그 결과 발은 옆으로 넓어진다. 하지만 하이힐을 비롯한 대부분의 여성용 구두는 발끝이 좁기 때문에 넓어진 발을 억지로 구두로 감싸는 상태가 되어버리고 만다. 이런 상태가 계속되면 엄지발가락의 연결 부분이 안쪽으로 휘어 '〈'와 같은 모양이 되어버린다. 이런 상태를 외반무지라 부른다.

후에 걸음조차도 제대로 걸을 수 없게 될지 모르니 그러한 사태를 피하기 위해서라도 하이힐에 억지로 발을 맞춰서는 안 될 것이다.

47

하룻밤 사이 머리가
하얗게 센다는 것은 거짓

프랑스혁명 당시, 투옥된 마리 앙투아네트의 머리카락이 하룻밤 사이에 새하얗게 변했다는 말이 있다. 극도의 공포를 체험하거나 충격을 받으면 일순간 머리카락이 새하얗게 변해버린다는 얘긴데, 이는 과학적 · 의학적 근거가 없는 말이다.

흰머리는 '흰머리를 뽑으면 더 늘어난다는 것은 거짓'이라는 장에서 설명한 것처럼 멜라노사이트가 소실되었을 때 일어나는 노화 현상이다. 이는 머리카락 자체에서 일어나는 현상이 아니라 모근에서 일어나는 현상이기 때문에 인위적으로 탈색을 하지 않는 한, 이미 자란 검은 머리카락이 하얗게 변하지는 않는다. 즉, 밤사이 탈색하거나 머리카락이 전부 빠져버리고 각 모근의 멜라노사이트가 소실되어 거기서 흰머리가 순식간에 자라나지 않는 한 '하룻밤 사이에 머리가 하얗게 세는 현상'은 일어날 수 없다.

위하수에 걸리면
살이 빠진다는 것은 거짓

말랐으면서도 많이 먹는 사람들이 있다.

한때 유행했던 많이 먹기 대회 참가자들을 보면 대부분이 날씬한 사람들이었고 그중에는 마치 탤런트 같은 사람들도 많았다. 우리 주위에도 "그 몸 어디로 음식들이 들어가는 거야?"라고 말하고 싶을 정도의 날씬한 대식가가 한두 명 정도는 있을 것이다.

말랐는데도 많이 먹는 사람을 보면 '위하수'를 떠올리기 쉽지만 '위하수'와 먹는 양과는 관계가 없다.

지방의 종류에는 주로 저장을 담당하는 '백색 지방세포'와 에너지로 태워주는 '갈색 지방세포'가 있다. 이 중 갈색 지방세포는 견갑골이나 가슴 주위에 위치하고 있는데 체온조절이나 여분의 지방을 에너지로 바꾸는 역할을 한다. 말랐는데도 많이 먹는 사람은 갈색 지방세포가 활발하게 작용하고 있기 때문에 음식물이 지방으로 축적되지 않는다.

그리고 '위하수'란, 위가 정상적인 위치보다 아래쪽에 위치하고 있는 상태를 말하는데, 위의 근력이 떨어져 들어온 음식물을 지탱하지 못하고 밑으로 처지는 것이 그 증상이다. 그 때문에 특히 식후에는 아랫배가 불룩하게 나오기도 한다.

말랐으면서도 많이 먹는 사람은 세포의 작용 때문에 그런 것이며, 위하수는 위의 형태에 이상이 있는 상태를 말하는 것이다.

위하수에 걸린 사람 중에 마른 사람들이 많은 탓에 '부럽다', '위하수에 걸리고 싶다'고 생각하는 사람들이 있는데 위하수에 걸렸기 때문에 마른 것이 아니라 원래 말랐거나 근력이 약하기 때문에 위하수에 걸리는 것이다. 뚱뚱하다 할지라도 위의 근력이 약하면 위하수에 걸릴 수 있다.

또한 위하수에 걸리면 속이 쓰리거나 트림이 나오기 쉬우며, 피부가 거칠어지는 원인이 되기도 한다. 날씬해서 남들의 부러움을 살지는 모르겠지만 그 이상으로 고통을 겪고 있는 것이다.

49

귀고리 구멍으로 신경이
빠져나간다는 것은 거짓

귀고리는 고대 이집트 사람들이 몸에 있는 구멍으로 악마가 들어오는 것을 막기 위해 달기 시작한 것에서 유래된, 매우 오랜 역사를 가진 장신구다. 원래는 남성들이 하던 것으로 알려져 있는데 지금은 남녀노소를 불문하고 많은 사람들이 즐겨 착용하고 있다.

하지만 같은 액세서리라 할지라도 귀에 구멍을 뚫는다고 하면 아플 것 같다며 멀리하는 사람 혹은 소중한 몸에 구멍을 낸다고 야단을 맞았던 사람도 있을 것이다.

그런데 지금처럼 구멍을 뚫는 사람이 많지 않았을 무렵에는 '귀에 구멍을 뚫으면 하얀 실이 나온다. 그것은 바로 눈의 신경인데 뽑아내면 실명한다'며 진지하게 말하는 사람들을 흔히 볼 수 있었다. 아직도 그 말을 믿고 귀에 구멍을 뚫을까 말까 망설이고 있는 사람이 있는 것은 아닌지.

하지만 결론부터 말하자면 이는 새빨간 거짓말이다.

귀와 눈이 서로 가까운 곳에 있기는 하지만 귀에는 시각과 관계된 신경이 지나지 않으므로 실명이란 있을 수 없다.

하지만 실제로 '하얀 실 같은 것이 나오는 경우'는 있다. 이 '하얀 실'의 정체는 피부의 일부이거나 오물이다.

귀에 구멍을 뚫을 때는 '피어서'라 불리는 스테이플러처럼 생긴 도구를 사용한다. 보통 구멍을 뚫으면 최소 1개월 정도는 귀고리를 한 채로 그냥 둔다. 그렇게 하지 않으면 다쳐서 상처를 입었을 때와 마찬가지로 뚫린 구멍을 막으려고 피부가 재생되어버리기 때문이다. 그것이 구멍으로 완전히 자리 잡기 전에 귀고리를 빼면 재생한 피부의 일부나 쌓인 노폐물이 실과 같은 상태로 나오는 경우가 있다. 물론 신경은 아니며 위생적으로도 뽑아버리는 것이 좋다.

● 귀에는 눈과 관련된 신경이 지나지 않으니 실명할 염려는 없다.

아침 일찍 운동하면
건강에 좋다는 것은 거짓

건강유지를 위해, 다이어트를 위해 아침 일찍 달리기를 하는 사람들을 흔히 볼 수 있다. 하루를 시작하기에 앞서 몸을 움직이면 기분이 상쾌해지고 몸이 따뜻해져 건강에 좋다고도 알려져 있다. 또한 아침 외에는 운동할 시간이 없거나, 여자 혼자 밤에 공원에서 운동하는 것은 위험하기 때문에 아침에 운동할 수밖에 없는 사람도 있을 것이다.

하지만 아침 일찍 운동하는 것은 사실 좋지 않다.

막 잠자리에서 일어난 몸은 면역력이 저하되어 있기 때문에 세균에 감염되기 쉽다. 또한 고령자나 고혈압인 사람은 심근경색을 일으키기 쉬우니 피하는 것이 좋다. 특히 겨울철 이른 아침에는 심장에 무리가 가기 십상이다. 무슨 일이 있어도 아침에 할 수밖에 없다면 일어나 한 시간 정도 지난 뒤에 하도록 하라.

안약을 냉장고에 넣어두면
오래간다는 것은 거짓

피로한 눈, 건조한 눈, 꽃가루 알레르기 등 현대인에게 눈의 질환은 결코 간과할 수 없는 문제가 되었다. 시시때때로 안약을 눈에 넣는 사람도 많을 것이다.

그렇다면 일단 개봉한 안약은 어디에 어떻게 보존하는 게 올바른 방법일까? '냉장고에 넣어두면 오래간다'는 말을 흔히 들을 수 있는데 실제로는 어떨까?

결론부터 말하자면 냉장고에 넣어두는 방법은 좋지 않다.

일단 개봉하여 눈에 넣은 적이 있는 안약이라면 온도가 높은 곳보다는 서늘한 곳에 보관하는 것이 좋지만 오랜 시간 냉장고에 보관하면 안약 안에 침전물이 쌓여 변질되거나 잡균이 들어갈 우려가 있다. 냉장고에 넣어두었다고 해서 오래가는 것은 아니니 일단 개봉한 제품은 사용기간을 지키도록 하라.

매운 음식을 많이 먹으면
치질에 걸린다는 것은 거짓

어느 시대에나 매운 음식은 인기가 좋다.

카레 전문점에 가면 여러 단계의 매운맛을 선택해서 먹을 수 있고, 한때 많은 사람들이 고춧가루를 가지고 다니기도 했다. 세상에서 가장 매운 고추인 '하바네로'를 사용한 상품은 '매워서 먹을 수 없다'는 말을 들으면서도 인기를 누리고 있다.

그런데 매운 음식을 좋아하는 사람들의 걱정거리 중 하나가 '매운 음식을 많이 먹으면 치질에 걸린다'는 것이다. 그래서 매운 음식을 먹고 싶지만 치질이 걱정된다며 자제를 하고 있는 사람도 있다.

하지만 이는 확실한 근거 없이 떠도는 소문에 불과하다. 만약 매운 음식을 많이 먹는 것이 치질의 원인이 된다면 김치를 좋아하는 한국인들은 모두가 치질 때문에 고민을 하고 있을 것 아닌가.

치질에는 변비 기미로 굳어진 변이 항문에 상처를 줘서 생기는

'치열', 직장에 있는 정맥이 울혈로 인해 늘어져 항문 주위에 굳어져 생기는 '치핵', 항문소와라는 부분에 세균이 들어가 생기는 '치루'가 있는데 이들은 주로 변비나 설사, 혈행불량에서 오는 것들이다.

매운 음식을 먹었다고 해서 치질에 걸릴 염려는 없지만 매운 성분이 분해되지 않고 배설물과 함께 배출될 때 항문을 자극하는 일은 있을 수 있다.

직장과 항문에는 혀와 마찬가지로 점막이 있다. 매운 음식을 많이 먹으면 '혀가 얼얼하다'고 느끼는 것처럼 항문에서도 매운맛을 '아픔'으로 인식할 것이다. 치질이 있다는 사실을 몰랐던 사람이 이 자극으로 '치질일지도 모른다'고 생각하는 경우로 인해 이 말이 생긴 듯하다.

콜레스테롤 수치는
낮추면 낮출수록 좋다는 것은 거짓

'콜레스테롤'을 어떻게 인식하고 있는가? 잘은 모르지만 뇌졸중이나 비만의 원인이 된다고 하니 무조건 낮추는 데만 신경을 쓰고 있는 것은 아닌지.

콜레스테롤이란 간에서 만드는 지방과 비슷한 물질을 말하는데 세포막이나 성호르몬의 재료가 되기도 한다. 콜레스테롤을 너무 많이 섭취하면 혈관이 막혀 뇌졸중을 일으키는 요인이 된다. 그러나 수치가 너무 낮아도 위험을 초래한다. 콜레스테롤은 혈액 속에서 혈관을 강하게 하는 작용을 하기 때문에 수치가 너무 떨어지면 혈관이 약해져 파열돼버린다. 이 또한 뇌졸중의 원인 중 하나다.

즉, 콜레스테롤 수치는 너무 높아도 너무 낮아도 뇌졸중의 원인이 되니 '낮춰야 한다'는 말에 너무 민감하게 반응하는 것은 금물이다.

맥주를 마시면
살이 찐다는 것은 거짓

통닭에 맥주, 라면에 맥주, 술집에 들어가면 우선 맥주부터……

더운 여름은 물론 일 년 내내 맥주만 마시는 사람도 많을 것이다. 하지만 맥주를 마시면서도 신경 쓰이는 것 중 하나가 바로 '맥주를 마시면 살이 찐다'는 말이다. 특히 여자들은 남자들의 불룩한 똥배를 보면 저절로 맥주를 자제하고 싶어진다.

하지만 실세로 맥주 때문에 살이 찌는 일은 없다.

술에 포함되어 있는 알코올은 1그램당 7킬로칼로리의 열량을 가지고 있다. 즉, 알코올 도수가 높은 술일수록 칼로리가 더 높다는 얘기가 된다.

맥주는 100밀리미터에 약 40킬로칼로리, 알코올 도수는 4~5퍼센트. 100밀리미터 기준으로 다른 알코올 음료를 살펴보면 와인은 도수 12~13퍼센트로 약 170킬로칼로리, 일본주청주는 도수

16~17퍼센트로 약 115킬로칼로리, 위스키는 도수 40퍼센트 전후로 약 230킬로칼로리가 된다.

살펴본 바와 같이 맥주의 열량은 의외로 낮다. 그렇다면 왜 '맥주를 마시면 살이 찐다'는 말이 생겨난 것일까?

앞서 말한 것처럼 맥주는 보통 통닭, 라면 등과 같은 기름기 많고 열량이 높은 음식에 잘 어울린다. 다시 말하자면 맥주가 아닌 안주를 통해서 많은 열량을 섭취하게 되는 것이다.

비만이 걱정이라면 안주로 저칼로리 음식을 선택하기 바란다.

● 살이 찌지 않는다는 사실을 알았다 하더라도 과음은 금물이다.

초콜릿을 많이 먹으면
여드름이 생긴다는 것은 거짓

'초콜릿을 많이 먹으면 여드름이 생긴다'는 말 때문에 먹기를 주저했던 적은 없었는가? 특히 여자라면 무슨 일이 있어도 얼굴의 여드름만은 용납할 수 없을 것이다. 여드름이란, 피지선에서 나온 기름이 모공에 쌓이고 거기에 세균이 번식하여 염증을 일으킨 상태를 말하는 것으로 호르몬의 균형이 깨지기 쉬운 젊은 사람들에게서 흔히 볼 수 있나. 또한 불규칙한 생활과 스트레스도 그 원인 중 하나다. 초콜릿을 먹으면 여드름이 생긴다는 것은 의학적 근거가 없는 말이다. 앞서 말한 대로 여드름은 모공의 오염이나 호르몬 불균형이 원인으로 일어나는 것이며, 초콜릿에 여드름의 원인이 되는 성분은 포함되어 있지 않다. 단, 초콜릿을 주식처럼 먹어대는 불규칙적인 식생활을 하면 초콜릿에 포함되어 있는 유분이 지나치게 축적되어 여드름이 생기는 하나의 원인이 될 수 있다.

커피를 마시면
잠이 깬다는 것은 거짓

일, 공부, 운전 중에 갑자기 찾아오는 졸음과의 싸움은 언제나 치열하기 짝이 없다.

이럴 때 잠을 깨기 위해 가장 흔히 이용하는 것이 커피 아닐까? 하지만 세상에 널리 알려져 있는 것만큼 커피가 잠을 깨는 데 탁월한 효과를 가지고 있지는 않다.

커피의 각성효과는 커피에 함유되어 있는 '카페인' 때문이다. 볶은 원두 100그램 중에 포함되어 있는 카페인의 양은 1.3퍼센트 정도.

하지만 마실 수 있는 상태의 커피가 되면 카페인의 양은 겨우 0.04퍼센트 정도로 줄어든다. 한두 잔의 커피로는 각성효과를 그다지 기대할 수 없다. 보다 효과적인 방법은 녹차를 마시는 것이다.

우롱차를 마시면
살이 빠진다는 것은 거짓

다이어트에는 차.

이것은 날씬해지고 싶다는 소망을 가진 사람들이라면 누구나 믿고 있는 '다이어트계의 전통적인 방법'이라고 할 수 있다.

특히 수많은 차 중에서 우롱차는 손쉽게 마실 수 있고 가격도 저렴하기 때문에 다이어트를 하는 사람들 사이에서는 좋은 친구로 인정받고 있다. '중국인이 기름진 중화요리를 먹으면서도 살이 찌지 않는 것은 이 우롱차를 마시기 때문이다'라는 말을 들으면 더욱 신빙성 있게 여겨진다.

하지만 우롱차를 마시면 살이 빠진다는 것은 근거 없는 말이다.

우롱차에는 칼로리가 포함되어 있지 않기 때문에 아무리 마셔도 비만의 원인이 되지 않는다는 것은 사실이다. 그러나 우롱차를 마신다고 해서 자연스럽게 체중이 줄어들거나 하지는 않는다. 우롱차로 날씬해질 수 있다면 이 세상에 비만은 존재하지 않을 것이다.

우롱차에는 '우롱차 폴리페놀'이라는 성분이 포함되어 있는데 이것이 지방 연소를 도와주는 역할을 한다. 하지만 어디까지나 보조적인 것이기 때문에 운동 등으로 지방을 연소시키지 않으면 아무런 의미가 없다. 운동하기 30분쯤 전에 우롱차를 마시면 우롱차 폴리페놀이 효율적으로 작용하여 지방을 연소시켜준다.

앞서도 말했지만 우롱차에는 칼로리가 없기 때문에 살이 찔 염려는 없다. 생활의 사소한 것에서부터 다이어트 하는 습관을 들이고 싶은 사람이라면 주스 대신 우롱차를 마셔도 좋을 것이다.

맥주병의 마개를 두드린 다음 따면 맥주가 맛있어진다는 것은 거짓

병맥주의 마개를 병따개로 두드린 다음에 따는 사람들이 있다. '이렇게 하면 맛있어진다'는 설명을 들으면 이유는 알 수 없지만 마치 그럴 것 같은 생각이 든다.

하지만 이는 근거 없는 말일 뿐만 아니라 오히려 역효과를 가져다준다.

맥주 안에는 탄산가스가 녹아 있다. 통상 탄산가스는 섭씨 15도, 1기압의 상태에서 약 0.2퍼센트 정도 녹아 있다. 하지만 맥주 안에는 같은 상태에서 0.5퍼센트나 되는 탄산가스가 녹아 있다. 이처럼 한계를 넘어선 상태를 '과포화'라고 한다. 그런 상태에 있는 맥주에 진동을 가하면 거품이 넘쳐나 김이 빠져버린다. 병마개를 두드리는 정도로도 병 속에 영향을 줄 수 있으니 조용히 따는 것이 좋다.

59

수저를 사용하여
스파게티를 먹는 것은 잘못

보통 스파게티를 주문하면 반드시 수저가 딸려 나오는데 스파게티의 본고장인 이탈리아에서는 포크 하나로 먹는 것이 올바른 매너인 것으로 알려져 있다. 포크로 둘둘 말아서 그대로 입에 넣는 것이 스파게티를 먹는 기본적인 방법이다.

요즘은 이탈리아에서도 관광객이 많은 레스토랑에서는 수저를 함께 내오기도 하지만, 들어간 레스토랑에서 수저를 내오지 않는다고 해도 따로 부탁하지는 말기 바란다.

● 포크 하나로만 먹는 것이 정석

토할 정도로 마시면
술이 강해진다는 것은 거짓

술을 마시지 못하는 사람에게 회식은 참으로 고통스러운 자리다. 억지로 술을 권하는 바람에 고통을 맛본 사람도 있을 것이고 '술을 마실 줄 알면 즐거운 텐데'라며 여러 차례 시도해본 사람도 있을 것이다.

술에 강해지는 방법은 시대에 따라 여러 가지로 전해져왔지만 그중에서도 유명한 것은 '술은 토할 정도로 마시면 강해진다'는 말이 아닐는지. 주위에 토할 때까지 마시고 강해졌다며 무용담을 들려주는 사람들도 많다. 그들의 열변을 듣고 있으면 정말로 효과가 있는 것처럼 생각되곤 하지만 이 말에 과학적·의학적 근거는 없다.

결론부터 말하자면 '토할 정도로 마시라'는 것은 마실 기회가 늘어나다보면 술에 적응하게 된다'는 뜻이다.

술에 포함되어 있는 알코올은 위나 소장에서 흡수되어 혈액을 통해 간으로 전달된다. 그리고 간의 알코올 분해효소에 의해서 아세트알데히드로 분해된다. 이 아세트알데히드가 두통과 구역질의 원인이 되는 것이다.

그 뒤 아세트알데히드는 초산으로 분해되고 마지막으로 물과 이산화탄소로 분해되어 몸 밖으로 배출된다. 이 알코올이 분해되기까지의 시간이 바로 '취해 있는 상태'다.

간이 한 시간 동안 처리할 수 있는 알코올의 양은 체중 1킬로그램당 약 0.1그램인 것으로 알려져 있으며, 빠른 속도로 마시면 처리하지 못한 아세트알데히드가 체내에 남아 있어 더욱 심하게 취한다.

또한 술에 약한 사람은 강한 사람보다 알코올 분해효소가 적기 때문에 처리속도도 늦다. 그런 상태에서 '토할 정도'의 양을 마시면 간에 지나친 부담을 주게 된다.

토할 정도로 마실 기회가 있으면 술 마시는 분위기에는 익숙해질지 몰라도 몸은 익숙해지지 않는다.

61

술을 마시기 전에 우유를 마시면 위에 막이 생겨 취하지 않는다는 것은 거짓

앞 장에 뒤이은 얘기가 되겠는데, 술에 약한 사람들 중에는 조금이라도 덜 취해야겠다는 생각에서 음주 전에 우유를 마신 경험이 있을 것이다.

어째서 우유일까? '우유를 마시면 위에 막이 생겨 부담이 줄어들기 때문'이라는 그럴듯한 이유에서다. 정말 우유를 데우면 막이 생기기도 하니 위를 지켜줄 것 같은 느낌이 든다.

하지만 이는 의학적으로 입증된 사실이 아니다.

위에는 유문幽門이라는 출구가 있는데 이는 보통 열려 있는 상태다. 음식물이 들어가면 유문이 닫히고 연동운동이 시작되어 어느 정도 소화가 된 뒤에 장으로 음식물을 보내도록 되어 있다.

술에 취하는 이유는 앞 장에서 기술한 대로인데 공복일 때는 유문이 열려 있는 상태이기 때문에 이때 술을 마시면 알코올이 위를 빠져나가 그대로 소장에 도달한다. 소장은 위보다 알코올을 더 잘 흡수하기 때문에 바로 취기가 도는 것이다. 이것이 '빈속에 술을 마시면 금방 취하는 이유'다.

음주 전에 우유를 마시면 취하지 않는 이유는 위에 막이 생겨서가 아니라 빈속이 채워지기 때문이다.

또한 우유에는 간이 알코올을 분해하는 데 필요한 단백질과 지질, 비타민B군, 비타민C 같은 영양소가 풍부하게 포함되어 있기 때문에 간의 작용을 도와준다는 의미에서는 효과적이라고 할 수 있다. 하지만 꼭 우유가 아니더라도 취기를 방지하는 효과를 얻을 수 있으니 유제품이 맞지 않는 사람은 다른 안주를 먹으며 술을 마시는 것이 좋다.

술에 약한 사람이나 접대를 위해 술자리를 가져야 할 때 취하고 싶지 않다면 가볍게라도 식사를 한 뒤 마실 것을 권한다.

뱀장어와 우메보시는
궁합이 맞지 않는다는 것은 거짓

도요土用, 1년에 네 차례. 입춘·입하·입추·입동 전의 일주일의 우시노히丑の日, 여름철 가장 더운 시기의 황소의 날. 여름철 보양식을 먹는 우리의 풍습과 비슷한 것에는 뱀장어. 이 습관은 히라가 겐나이平賀源内가 에도에 있는 한 뱀장어 구이집의 부탁을 받고 만든 광고문구에서 시작되었다는 설도 있지만, 더운 여름에 뱀장어를 먹는 습관의 기원은 나라奈良 시대710~784로까지 거슬러 올라간다. '만요슈万葉集, 나라 시대의 가집' 속에 오오토모노 야카모치大伴家持가 '이와마로 씨, 여름이라 야윈 것 같네요. 그럴 때는 뱀장어를 잡아드시면 좋아요'라고 읊은 노래가 있는 것으로 보아 이 무렵에는 더위 먹는 것을 방지하기 위해서 뱀장어를 먹었다는 사실을 알 수 있다.

어쨌든 그 미끌미끌한 뱀장어를 처음 먹으려 했던 사람은 대단한 용기를 가진 사람이었을 것이라는 생각이 드는데 어떻게 생각하는가?

단백질이 풍부하고 소화가 잘되기 때문에 여름철 보양식으로 매우 인기가 좋은 뱀장어와 관련되어 예전부터 내려오는 말 가운데 '뱀장어와 우메보시梅干, 매실을 소금에 절여서 만든 일본의 전통음식, 매실 장아찌는 궁합이 맞지 않는다'는 말이 있다. 이 말은 과연 사실일까?

결론부터 말하자면 의학적으로 아무런 근거도 없는 말이다. 그렇다면 왜 이 같은 말이 생겼을까? 첫째, 뱀장어의 느끼함을 우메보시의 신맛이 감소시켜주어 자신도 모르게 과식을 하게 되기 때문이다. 둘째는 우메보시의 신맛이 뱀장어의 영양가를 반감시키기 때문이다. 또한 뱀장어는 상하면 신맛을 내는데, 우메보시의 신맛 때문에 뱀장어가 상했는지의 여부를 판단할 수 없다는 등 여러 가지 설이 있지만 모두 신빙성이 없으며 건강에 악영향을 주는 것도 아니다.

참고로 궁합이 맞지 않는 음식으로 '튀김과 수박', '감과 게' 등이 있는데, '튀김과 수박'은 기름진 음식과 수분이 많은 음식을 함께 먹으면 소화불량을 일으키기 쉬워서이며, '감과 게'는 소화가 잘 되지 않는 감과 상하기 쉬운 게로 인해 복통을 일으킬 염려가 있다는 근거 때문이다.

과일은
살이 찌지 않는다는 것은 거짓

'과일은 달지만 수분이 많기 때문에 살이 찌지 않는다'는 말이 있다.

반은 맞지만 반은 틀린 말이다. 올바르게 먹는다면 다이어트 효과를 기대할 수 있지만 과일이라고 해서 무엇이든, 언제나, 많은 양을 먹어도 상관없는 것은 아니다.

과일에 포함되어 있는 단맛은 '과당'이라는 낭분으로 이는 당류 중에서도 가장 단맛이 강하다. 수분이 많은데도 단맛이 나는 것은 바로 그런 이유 때문이다.

다른 음식은 분해와 소화과정을 거쳐야만 에너지가 되지만 과당은 직접 에너지로 바뀌기 때문에 피로를 빨리 회복하고 싶을 때 먹으면 효과적이다. 스포츠 음료의 성분 표시에서도 '과당'이라는 글자를 찾아볼 수 있다.

하지만 과당과 포도당은 그만큼 소화도 빨리 되기 때문에 식사를 할 때 과일을 함께 먹으면 식사로 섭취한 지방분이나 유분과 결합하여 쉽게 우리 몸에 흡수된다. 식사 후에 디저트로 과일을 먹는 사람들이 많은데 이는 가능한 한 피하는 것이 좋다. 그래도 먹어야겠다면 아침 식사 후에 먹는 것이 좋다.

또한 바나나 파인애플 등 따뜻한 지방에서 나는 과일은 칼로리가 높기 때문에 살이 찌기 쉽다. 식사와의 균형을 생각해서 섭취하기 바란다.

● 밥 한 그릇이 약 110그램으로 185킬로칼로리.
비교해보면 과일의 칼로리가 의외로 높다는 것을 알 수 있다.

〈과일의 100그램당 칼로리〉

● 딸기–34킬로칼로리

● 수박–37킬로칼로리

● 멜론–42킬로칼로리

● 파인애플–51킬로칼로리

● 키위–53킬로칼로리

● 사과–54킬로칼로리

● 레몬–54킬로칼로리

● 감–60킬로칼로리

● 바나나–86킬로칼로리

● 두리안–133킬로칼로리

알칼리성 식품이
몸에 좋다는 것은 거짓

'알칼리성 식품은 몸에 좋다.'

아직도 이런 말을 하는 사람들이 적지 않다. 우리 몸이 산성이 되면 좋지 않기 때문에 알칼리성 식품을 섭취해 체내를 알칼리성으로 유지하자는 것이다. 알칼리성 식품을 섭취하면 다이어트에도 효과가 있다고 하는데 과연 그럴까?

'알칼리성 식품'이란 그 음식을 태우고 남은 재를 녹인 물의 알칼리도가 높은 식품을 말한다. 레몬이나 우메보시는 신맛이 나는 산성인데 재를 녹인 물의 pH를 계측해보면 알칼리성 식품에 속한다. 즉, 음식 자체가 산성이면 산성 식품, 알칼리성이면 알칼리성 식품이 되는 것이 아니라는 말이다.

이는 스위스의 학자인 구스타프 폰 붕에가 제창한 것으로 그의 연구에 의하면 '알칼리성 식품'에는 야채, 과일, 해조류, 콩 등이 포함되고, '산성 식품'에는 고기와 생선, 달걀 등이 포함된다.

어딘지 수긍이 가는 말 같기도 하지만 잘 생각해보면 부자연스러운 점도 있다.

우선 산성 식품인지 알칼리성 식품인지 알아보기 위해 '음식을 태우고 남은 재를 물에 녹인다'고 하는데 체내의 소화 과정 중에 음식을 재로 만드는 과정은 존재하지 않는다. 체내에서의 변화와 실험에서의 변화 사이에 상당한 차이가 발생하는 것이다. 그리고 '알칼리성 음식을 섭취해 체내를 알칼리 상태로 만들면 좋다'고 하는데 이 말에도 의심 가는 부분이 있다. 체내의 pH는 내장의 기능에 의해 언제나 약알칼리$_{pH7.4 \text{ 전후}}$ 상태로 유지되고 있으며 운동 등을 하고 난 후에는 약한 산성을 띠게 되지만 이 역시 바로 알칼리성으로 돌아오도록 되어 있다. 이런 상태는 알칼리성 식품이나 산성 식품을 계속 섭취해도 마찬가지다. 즉, pH는 체내의 작용으로 언제나 안정되어 있기 때문에 음식의 섭취 등을 통해서 의도적으로 조절하려는 것은 아무런 의미 없는 행동이다.

65

가로로 찢어지는 버섯은
먹을 수 있다는 것은 거짓

독버섯인지 식용버섯인지 구분하기란 그리 쉬운 일이 아니다. 전문가가 봐준다면 안전하겠지만 도감이나 귀동냥으로 얻은 정보에만 의존하는 것은 위험하다. 특히 비전문가들끼리 교환하는 정보 중에는 근거나 신빙성이 없는 것들도 많다. 흔히 들을 수 있는 말 중에 '가로로 찢어지는 버섯은 먹을 수 있다'는 말이 있다. 모두가 그렇게 말하니 틀림없을 것이라 믿기 쉬운데 이는 큰 잘못이다. 독우산광대버섯, 독깔때기버섯 등 가로로 찢어지는 독버섯도 있지 않은가. 그 외에도 '화려한 색을 가진 버섯은 독버섯이다', '건조시키면 먹을 수 있다', '가지와 함께 요리하면 먹을 수 있다', '벌레 먹은 흔적이 있는 것은 먹어도 괜찮다' 등 여러 가지 말들이 있지만 어디에나 예외는 있는 법이며 전혀 근거가 없는 말도 있으니 이런 말들은 한 번쯤 의심해볼 필요가 있다.

66

샌드위치를 고안한 사람은
샌드위치 백작이 아니다

잡학 지식으로 곧잘 등장하는 것 중 하나가 '샌드위치는 샌드위치 백작이 만들어낸 음식'이라는 것이다. 하지만 이것은 잘못 알려진 내용이다.

영국의 샌드위치 백작이 카드놀이를 즐기면서 한 손으로 먹을 수 있도록 두 개의 빵 사이에 햄과 양상추 등을 끼워 넣은 가벼운 식사를 고안해낸 것이 샌드위치의 유래라고 알려져 있지만 그러한 음식은 기원전부터 존재했었다. 당시 로마에는 고기와 빵을 층층이 쌓아 만든 '오플라'라는 이름의 음식이 있었던 것으로 알려져 있다. 또한 카레를 찍어 먹는 것으로 널리 알려진 난(인도빵)도 원래는 샌드위치와 같은 방법으로 먹었다고 한다.

샌드위치라는 명칭을 백작의 이름에서 따온 것이기 때문에 이를 고안해낸 사람도 그라고 생각하기 쉬운 것일 뿐이다.

달걀이 콜레스테롤 수치를 높인다는 것은 거짓

콜레스테롤에 대해서는 '콜레스테롤 수치는 낮추면 낮출수록 좋다는 것은 거짓'이라는 장에서 자세히 설명했는데, 콜레스테롤 수치를 높이는 음식으로 널리 알려진 것이 달걀이다. 하지만 실제로는 그렇게 큰 피해를 주지 않는다.

1900년대 초 러시아에서 토끼에게 달걀을 주었더니 콜레스테롤 수치가 올라갔다는 실험결과가 발표되었다. 바로 이것이 '달걀을 먹으면 콜레스테롤 수치가 올라간다'는 설의 원인이 되었는데 잘 생각해보기 바란다. 초식동물인 토끼가 단 한 번도 먹어본 적 없는 동물성 단백질인 달걀을 먹으면 콜레스테롤 수치가 상승하는 것은 당연한 결과가 아닌가. 그런데 그것을 가지고 잡식동물인 인간에게도 해당된다고 말할 수는 없을 것이다.

달걀은 영양가 높은 식품이기 때문에 멀리할 이유가 없다.

68

SOS가 'Save Our Souls'의 약자라는 것은 거짓

SOS란, 긴급상황에서의 조난신호를 말한다. 모스 부호에서는 '···————···'이라고 타전하는데 '···'가 S를, '———'가 O를 나타낸다.

왜 SOS인가 하면 이 '···————···'가 가장 외우기 쉽고 긴급 시에도 타전하기 적합하기 때문이지 Save Our Souls우리를 구해달라', Save Our Ships우리 배를 구해달라' 등과 같은 의미가 있는 것은 아니다. 만약 '···'가 N이었다면 조난신호는 'NON'이 되었을 것이다.

SOS는 1906년 제1회 국제무선전신회의에서 제안되었으며 1912년 제2회 회의에서 정식으로 채택되었다.

최초로 'SOS'를 발신한 것은 타이타닉 호였는데 타이타닉 호가 SOS를 발신한 것은 SOS가 정식으로 채택되기 몇 개월 전이었다.

그때까지의 조난신호는 'CDQ'였지만 타이타닉 호가 조난당했을 때는 이미 'SOS'가 제안된 후였고 그것이 정식으로 채택될 분위기였기 때문에 타이타닉 호의 무선통신사는 혼란을 피하고자 종전의 'CDQ'와 'SOS'를 동시에 발신하여 긴급사태임을 확실하게 알렸다고 한다.

A	· —	M	— —	Y	— · — —
B	— · · ·	N	— ·	Z	— — · ·
C	— · — ·	O	— — —	1	· — — — —
D	— · ·	P	· — — ·	2	· · — — —
E	·	Q	— — · —	3	· · · — —
F	· · — ·	R	· — ·	4	· · · · —
G	— — ·	S	· · ·	5	· · · · ·
H	· · · ·	T	—	6	— · · · ·
I	· ·	U	· · —	7	— — · · ·
J	· — — —	V	· · · —	8	— — — · ·
K	— · —	W	· — —	9	— — — — ·
L	· — · ·	X	— — · —	0	— — — — —

● '·'은 짧게 '—'는 길게 소리를 낸다. 이 소리를 조합하여 메시지를 전달한다.

69

'자유의 여신상이 있는 곳은 뉴욕이 아니다'라는 말은 거짓

세계적으로 유명한 자유의 여신상. 미합중국의 독립 100주년을 기념하여 1886년에 프랑스가 기증한 것으로, 정식 명칭은 Liberty Enlightening the World세계를 비추는 자유'이다.

만든 사람은 프랑스의 조각가 프레데리크 오귀스트 바르톨디 1834~1904로 여신상의 얼굴은 자신의 모친을 모델로 만들었다고 한다. 머리에 쓰고 있는 관의 가시처럼 생긴 부분은 전부 일곱 개인데 이는 세계의 일곱 개의 대륙과 일곱 개의 대양을 나타내고 있으며, 프랑스와의 우호를 나타내기 위해서 프랑스 쪽을 향해 세우는 등 여신상에는 여러 가지 메시지가 담겨 있다.

그런데 이 자유의 여신상에 대해 '서 있는 곳은 뉴욕 주가 아니라 뉴저지 주'라는 설이 퀴즈 마니아들 사이에서는 진실인 것처럼 알려져 있다. 하지만 이 설에는 의심스러운 부분이 있다.

자유의 여신상이 서 있는 인공 섬 리버티 섬은 지리적으로 뉴욕의 맨해튼 섬과는 떨어져 있으며, 뉴저지 주 리버티 파크 바로 앞에 위치해 있다. 허드슨 강의 중간 지점이 뉴욕 주와 뉴저지 주의 경계라고 한다면 리버티 섬은 뉴저지 주에 속하게 되지만 경계선은 단순히 지리적인 위치뿐만 아니라 역사적인 사정에 의해서도 결정되는 것이 일반적이다. 실제로 국립공원의 공식 사이트에는 '연방정부의 재산이지만 뉴욕 주의 관할구역'이라고 기술되어 있다. 리버티 섬 토산물 가게의 세금도 뉴욕 주에서 징수하고 있다고 한다.

따라서 자유의 여신상은 뉴욕 주에 존재하고 있다는 설이 정확하다.

● 뉴저지를 등진 채 세상을 내려다보고 있는 자유의 여신상.

백악관은 처음부터
하얀 건물이 아니었다

미 대통령 관저는 그 외관 때문에 '백악관_{화이트하우스}'이라 불리고 있다. 하지만 처음부터 하얀 건물이었던 것은 아니다.

1800년에 완성된 이 건물은 1812년에 발발한 미영전쟁 때 대부분 소실되고 말았다. 종전 후, 개장을 할 때 불에 탄 부분을 하얗게 칠한 결과 지금과 같은 외장이 된 것이다. 새롭게 단장한 건물을 '백악관'이라고 부르기 시작한 것은 26대 대통령인 루스벨트 때부터라고 한다.

'백악관'이 탄생하게 된 계기를 제공한 미영전쟁이 낳은 것이 한 가지 더 있다. 바로 미국의 국가다. 전후, 바람에 나부끼는 성조기를 노래한 시에 멜로디가 붙여져 미국의 국가인 'The Star-Spangled Banner_{성조기}'가 탄생했다.

뉴스의 어원이 동서남북의
머리글자라는 것은 거짓

'NEWS'의 어원은 '동서남북의 정보를 널리 모은다'는 뜻에서 영어의 'North', 'East', 'West', 'South'의 머리글자를 딴 것이라는 설이 널리 퍼져 있다. 하지만 이는 잘못된 것이다.

뉴스에는 '새로운 정보와 진귀한 일'이라는 의미가 담겨 있다. 이 '새롭다new'의 복수형news, 즉 '새로운 정보들'이라는 것이 뉴스의 어원이나.

동서남북의 머리글자라고 해도 뜻은 통할 것 같지만 그것이 어원이라는 설의 설득력이 떨어지는 이유는 따로 있다. 바로 뉴스를 의미하는 프랑스어 'nouvelles', 마찬가지로 이탈리아어인 'novita'가 전부 '새로운 것'이라는 의미를 담고 있다는 점이다. 영어 'news'의 어원도 그들과 같은 것이라고 보는 편이 더 정확하다.

세계 표준시를 재는 시계가
지금도 그리니치에 있다는 것은 거짓

세계 시각의 기준이 되고 있는 장소, 그곳이 바로 영국의 그리니치다. 그리니치천문대를 지나는 자오선이 경도 0도이며 그곳을 기준으로 한 시각을 '그리니치표준시GMT'라고 한다. 일본과 그리니치의 시차는 약 아홉 시간으로 일본이 밤 12시일 때 그리니치는 전날 오후 3시가 된다.

여기까지는 누구나 상식으로 알고 있는 내용이다.

하지만 현재 이 표준시를 그리니치에서 관측하고 있지 않다는 사실은 의외로 알려지지 않은 듯하다.

지금은 파리에 있는 국제도량형국의 원자시계가 표준시를 측정하고 있으며 정확히는 '그리니치표준시'가 아니라 '협정세계시UTC, Universal Time Coordinated'라 불린다.

원래 '그리니치표준시'가 결정된 것은 1884년 워싱턴에서 열린

국제 자오선회의에서였다. 거기서 그리니치천문대를 통과하는 자오선을 0도로 정하고 표준시를 재는 시계가 설치되었다.

그 후 1950년대에 런던의 대기오염을 비롯한 외부적인 영향으로 더이상 그리니치에서 관측할 수 없게 되자 서섹스 주 교외 지역으로 천문대를 이전했다.

그런데 당시 영국은 카나리아제도에 설치된 신형 망원경에 많은 자금을 소비했기 때문에 20년이라는 수명을 다한 원자시계 여섯 대를 새로 구입할 수가 없었다.

그래서 프랑스가 비용을 댄다는 조건으로 시계를 파리로 옮겨 현재에 이르게 된 것이다.

73

빅벤이 시계탑의 이름이라는 것은 거짓

런던의 상징이라고도 할 수 있는 빅벤. 대부분의 사람들이 시계탑을 빅벤이라고 알고 있는 듯한데 사실 시계탑에 붙어 있는 '종'만을 빅벤이라고 부른다. 이 이름은 당시 건설을 담당했던 벤저민 홀의 이름을 따서 붙인 것이다. 종의 무게는 13톤 이상으로 중량급 중의 중량급이다. 빅벤이 연주하는 멜로디는 학교 등에서 흔히 들을 수 있는 '딩동뎅동' 하는 소리와 같다. 이 멜로디를 시계탑이 서 있는 장소의 이름을 따서 '웨스트민스터 차임'이라 부른다.

웨스트민스터 차임은 독일 출신의 음악가 헨델이 작곡한 '메시아'의 아리아를 조금 손본 것이다. 단순한 음으로 들리는 소리지만 실은 훌륭한 클래식 음악이었던 것이다.

희망봉이 아프리카
최남단에 있다는 것은 거짓

희망봉은 남아프리카공화국 남서쪽 끝에 있는 곳이다. 1488년, 포르투갈인 바르톨로뮤 디아스가 발견하여 '폭풍의 곳'이라는 이름을 붙였지만 후에 포르투갈의 왕인 주앙 2세가 인도로 가는 항로에 대한 희망의 뜻을 담아 '희망봉'으로 개명했다.

이 희망봉을 아프리카 대륙의 최남단이라고 생각하고 있는 사람들이 많을 줄 아는데 사실 이곳은 아프리카의 최남단이 아니다.

아프리카의 최남단은 희망봉에서 동남쪽으로 약 150킬로미터 정도 떨어진 곳에 있는 아굴라스 곶이다. 희망봉이 너무 유명하기 때문에 그 존재가 잘 알려져 있지 않지만 아굴라스 곶에는 아프리카 최남단이라는 비석도 세워져 있다. 비석 앞에는 오른쪽이 대서양, 왼쪽이 인도양이라는 푯말이 있어 그곳이 참된 최남단임을 알려주고 있다.

크리스마스가 예수의
생일이라는 것은 거짓

크리스마스는 낭만적으로 보내는 날', '산타클로스가 선물을 가지고 오는 날'로 이제는 단지 즐거운 이벤트가 되어버렸지만, 그날이 '예수의 생일'로 알려졌다는 사실은 누구나 다 알 것이다. 하지만 크리스마스는 예수의 생일이 아니다. 신약성경에는 예수그리스도의 탄생일에 대한 언급이 없으며, 진짜 생일에 대해서는 밖에 양들이 있었다는 묘사로 보아 가을일 것이라는 등의 갖가지 설이 있을 뿐이다.

그렇다면 왜 12월 25일이 예수의 생일이 된 것일까? 로마에서는 태양이 다시 빛을 더해가기 시작하는 날이라고 하여 동지에 태양을 숭배하는 제사를 지냈었는데 그것이 예수의 탄생제가 된 것이라고 하는 등 여러 설이 있지만 명확한 것은 아직 알려지지 않았다.

나이테로 방향을
알 수 있다는 것은 거짓

'햇볕이 드는 남쪽 나이테의 폭이 더 넓기 때문에 산속에서 길을 잃었을 때는 잘린 줄기를 보면 방향을 알 수 있다'는 말을 들어본 적이 있을 것이다.

식물은 햇볕이 잘 들면 쑥쑥 성장하기 때문에 이치에 맞는 말처럼 들린다. 하지만 이는 잘못된 상식이다.

익히 알고 있는 바와 같이 나무는 뿌리에서 수분과 영양분을 흡수하고 잎에서 태양광을 받아들여 광합성 작용을 해 세포분열을 위한 물질을 생성한다. 이 물질은 나무의 바깥쪽에 있는 껍질과 속살 사이에 있는 '형성층'이라는 부분으로 보내지는데 이 형성층 안쪽을 향해서 세포분열이 이루어지면 내부의 나무질이 되고, 바깥쪽을 향해서 세포분열이 이루어지면 껍질이 만들어지게 된다. 이런 현상이 반복적으로 일어나면서 줄기가 굵어지는 것이다.

세포의 숫자에 따라 나이테의 폭도 달라진다. 즉, 세포분열이 활발하게 일어나고 있는 곳이 굵게 성장하는 것이다. 햇볕의 강도나 비추는 시간은 직접적인 관계가 없다.

나이테의 굵기가 달라지는 또 다른 요인은 입지조건에 있다.

나무가 자라고 있는 곳이 기울어져 있으면 줄기가 휘어지게 되는데, 이것을 바로 잡으려는 힘이 작용하여 나이테의 폭에 차이가 생기는 것이다. 즉, 남쪽으로 기울어져 있으면 그곳에 서 있는 나무의 나이테는 대부분이 남쪽으로 변화하는 것을 볼 수 있다.

재미있는 것은 바로잡으려는 힘의 작용이 침엽수와 활엽수 사이에 차이가 있다는 점이다. 침엽수는 경사면 아래쪽 나이테의 폭이 넓어지지만, 활엽수는 반대로 경사면 위쪽 나이테의 폭이 넓어진다.

● 나이테로는 방향을 알 수 없다.

수해에서는 나침반의 바늘이 끝없이 돈다는 것은 거짓

'자살의 명소', '한 번 들어가면 나올 수 없는 곳'이라는 등 달갑지 않은 소문으로 유명한 아오키가하라青木ヶ原 수해樹海, 나무의 바다라는 뜻으로 울창한 삼림의 광대함을 이르는 말.

그 안에서는 나침반의 바늘도 빙글빙글 맴돌기만 할 뿐 방향을 가리키지 않기 때문에 길을 잃고 헤매게 된다고 믿는 사람들이 많은데, 사실 약간의 혼란은 있을지언정 바늘이 계속해서 맴돌기만 하는 일은 없다.

아오키가하라 수해란, 후지산 북서부 기슭에 위치한, 지금으로부터 1,200년 전쯤에 일어난 분화로 생겨난 원시림을 일컫는다. 용암이 흘러내려 주변의 식물을 완전히 태워버렸고, 그 용암이 식어 딱딱하게 굳어버린 곳을 토대로 오랜 세월에 걸쳐 초목이 자라 지금과 같은 숲이 되었다.

식어서 딱딱하게 굳어버린 용암은 철 등을 원소로 하는 자성광물을 포함하고 있다. 그 때문에 자기에 이상이 생겨 자석의 방위가 틀리는 경우는 있다. 하지만 모든 곳에서 이런 현상이 일어나는 것은 아니며, 끊임없이 빙글빙글 돌아가는 등의 커다란 장해는 가져오지 않는다.

수해 안에는 하이킹 코스로 정비된 길이 있고 표지판과 간판도 많기 때문에 길을 잃을 염려는 없다. 노송나무와 단풍나무 등 수많은 나무도 보기 좋고 새들의 지저귐도 상쾌하다. 도회의 번잡함을 잊고 삼림욕을 즐기기에 아주 좋은 곳이다.

단, 주위가 나무로 둘러싸여 있기 때문에 낮에도 어둡고 숲 속에는 후지산과 같이 표지물이 될 만한 것들도 보이지 않으니 코스에서 벗어나 너무 깊은 곳까지 들어가지 않는 것이 좋다. 산책을 하러 가는 것이라면 해가 떨어지기 전까지 돌아올 수 있도록 계획을 세워서 가기 바란다.

민들레 씨가 귀에 들어가면
귀가 먼다는 것은 거짓

'민들레 씨가 귀에 들어가면 귀가 먼다'는 말을 들어보았을 것이다. 이 말을 들은 뒤로 민들레 씨 근처에는 얼씬도 하지 않는 사람도 있을 것이다.

하지만 이는 과학적·의학적 근거가 없는 말로 그것이 귀에 들어간다고 해서 귀가 멀지는 않는다.

귀는 매우 민감한 부분이기 때문에 이물질이 들어가면 난청의 원인이 되기도 한다. 그러나 바람에 실려 온 씨앗이 귀에 들어갔다 하더라도 인위적으로 밀어 넣지 않는 한 안으로 깊숙이 들어가는 일은 없다. 귀에 들어가면 간지럽기 때문에 꺼내려고 하다가 오히려 안으로 밀어 넣거나, 씨앗에 알레르기 반응을 일으키는 사람도 있기 때문에 '가능한 한 들어가지 않도록' 주의하는 것이 좋다는 말이 와전된 게 아닌가 한다.

모든 나무가
물에 뜬다는 것은 거짓

뗏목으로 강을 건너거나, 장작 위에서 뛰기도 하고, 물에 빠진 사람이 나뭇조각에 의지해 목숨을 건지기도 하다보니 '나무라면 무엇이든 물에 뜬다'는 인식이 매우 강하게 자리 잡고 있다. 하지만 모든 나무가 물에 뜨는 것은 아니다.

흑단가구, 악기, 지팡이 따위의 재료로 쓴다이나 자단건축, 가구 따위의 재료로 쓴다, 그레나딜라관악기를 만들 때 사용된다 등 비중같은 체적의 4℃의 순수한 물과의 질량비. 이 1.0 이상 되는 것은 가라앉아 버린다.

목재명	발사	오동나무	삼목	느티나무	자단	흑단	유창목
비 중	0.15 전후	0.3	0.4	0.69	1.02	1.18	1.23

● 목재의 비중. 비중이 1 이상 되는 '물에 가라앉는 나무'도 의외로 많다.

튤립의 원산지는
네덜란드가 아니다

네덜란드 하면 풍차와 튤립이 떠오르지만 튤립의 원산지는 네덜란드가 아니다.

튤립의 원산지는 터키에서 중앙아시아에 걸친 지역으로 터키에서는 튤립을 '권력자의 꽃'으로 매우 귀하게 여기고 있다. 참고로 튤립의 학명은 Tulipa Gesneriana 튤립파 게스네리아나'인데 이 '튤립파' 라는 말은 터키어의 툴리반드 터번에서 온 것이다. 꽃의 모양이 터번을 말아놓은 것 같은 모양을 하고 있기 때문에 그런 이름이 붙은 듯하다.

튤립이 네덜란드에 들어간 것은 16세기 후반. 당시에는 식물이라고 하면 식용이나 약용으로 쓰이는 것이 대부분이었지만 동인도무역으로 돈을 번 상인들 사이에서 관상용으로 튤립의 재배가 유행하기 시작하면서 수많은 품종이 생겨났다. 지금은 4,000종 이상이라고 한다.

　또 한동안은 구근도 비싼 값으로 팔리면서 투기의 대상이 되기
도 했다. 이 시대를 '튤립광 시대'라고 부른다.

　하지만 시장의 붕괴로 겨우 4년 만에 튤립광 시대는 막을 내린
다. 당시 만들어진 '튤립 가도街道'에는 아직도 튤립이 재배되고 있
어 멋진 꽃을 감상할 수 있는 관광지 역할을 하고 있다.

● 봄철 꽃으로 잘 알려진 튤립에는 뜻밖의 역사들이 숨어 있다.

해바라기는 태양 쪽으로
꽃을 피우지 않는다

여름철 꽃의 대명사인 해바라기. 한 길을 훌쩍 넘는 키와 커다란 꽃은 언제 봐도 당당해 보인다.

한자로는 '향일규向日葵'라고 쓰며 영어로는 Sunflower'라고 하는 것에서도 알 수 있듯 해바라기는 태양과 깊은 관계가 있다. 꽃의 모양이 태양처럼 생긴 것도 그렇고 무엇보다 '해바라기는 태양의 위치에 따라 꽃의 방향을 바꾼다'는 말을 떠올리는 사람이 많을 것이다. 그렇다면 이 말은 과연 사실일까?

해바라기 꽃밭을 보면 꽃들은 대체로 같은 방향을 향하고 있다. 하지만 그렇다고 해서 꽃들이 태양의 움직임에 따라 빙글빙글 돌고 있는 것은 아니다.

해바라기가 태양을 따라 움직이는 것은 꽃이 피기 전, 줄기가 자라는 성장단계에 있을 때뿐이다. 다시 말하자면 꽃이 움직이는 것이 아니라 줄기가 움직이고 있는 것이다.

아직 꽃이 피기 전의 어린 줄기는 빛을 받아 성장한다. 하지만 빛은 줄기의 한쪽 부분에만 닿기 때문에 빛을 받지 못하는 부분이 빛을 받으려고 휘어지게 된다. 이것이 '태양을 향하는 현상'의 정체'다. 꽃봉오리가 자라 꽃이 필 무렵이 되면 거의 움직이지 않는다.

참고로 이와 같은 현상은 해바라기뿐만 아니라 다른 많은 꽃들에서도 볼 수 있는데 식물이 광합성을 한다는 점을 생각해보면 쉽게 이해할 수 있을 것이다.

왜 해바라기만 '태양을 향해 방향을 바꾼다'고 알려지게 된 것인지 명확하게 알 수는 없지만 태양을 향해 성장하는 커다란 모습이 그런 말을 낳게 한 것이 아닐까.

● 크게 성장하기 때문에 해바라기에게 태양빛은 없어서는 안 될 존재다.

82

사화산이 분화하지
않는다는 것은 거짓

더이상 화산활동을 하지 않는 화산이나 분화를 멈춘 화산을 '휴화산 · 사화산'이라 부르고 분화할 가능성이 있는 화산을 '활화산'이라고 부른다는 것은 누구나 수업시간에 배워서 알고 있을 것이다.

하지만 '휴화산 · 사화산'이라는 말이 없어졌다는 사실을 아는 사람은 그리 많지 않다.

지금까지 사화산이란 역사시대_{문자에 의한 기록, 문헌이 남아 있는 시대. 일본에서는 5세기 이후를 말한다}에 분화의 기록이 없는 화산, 앞으로도 분화할 가능성이 없는 화산을 가리키는 말이었다. 반대로 '활화산'은 역사시대 이래 분화한 적이 있는 화산을 일컫는 말이었다.

하지만 현대 과학의 진보와 '사화산'으로 알려졌던 온타케산_{御岳山}의 분화_{1979년} 등 위의 정의로는 설명할 수 없는 일들이 일어나면서 전문가들 사이에서 '사화산 · 휴화산'이라는 말은 적합하지 않다는 주장이 일었고 결국 이를 사용하지 않게 되었다.

하지만 모든 화산을 같은 이름으로 부르면 오해를 불러일으킬 소지도 있기 때문에 기상청에서는 지난 2,000년간 분화한 적이 있는 화산을 '활화산', 분화한 적이 없는 화산을 '활화산이 아닌 화산'으로 구별해 부르고 있다.

우리가 일반적으로 알고 있는 '사화산은 분화하지 않는 화산'이라는 정의는 이제 더이상 쓰이지 않게 되었다.

● 에도시대에 분화한 이후 활동이 잠잠해진 후지산. 하지만 분화 가능성이 완전히 사라진 것은 아니다.

83

사해에 생물이 살지
않는다는 것은 거짓

2005년 나고야에서 개최되었던 엑스포 '사랑 · 지구전'에서 화제가 되었던 해외 전시관 중 하나가 요르단 관이었다.

그곳은 '사해'의 물을 직접 체험할 수 있다는 점에서 주목을 끌었다. 사해는 굉장히 진한 염분 때문에 몸이 저절로 뜬다고 알려진 곳이다. 쉽게 방문할 수 없는 나라라는 점도 한몫을 해서였는지 전시장은 연일 대성황을 이뤘다고 한다.

바로 그 '사해死海'라는 이름에 '바다海'라는 말이 붙어 있어 보통은 바다로 알지만 사실은 호수다. 요르단과 이스라엘 국경에 위치한 사해는 요르단 강에서 흘러든 물이 모여 이루어진 것이다. 사해라는 이름은 '생물이 생식할 수 없을 정도로 염분의 농도가 높다'는 데서 붙여졌다. 그 농도는 보통 바다의 네 배나 된다고 한다.

이렇게 염분의 농도가 높은 이유는 호수가 해수면보다 약 340미터 낮은 곳에 위치해 있어 흘러든 물이 빠져나갈 곳이 없고, 기후가 건조하다보니 물의 증발이 심해 염분만 남게 되기 때문이다.

염분의 농도가 그렇게 높으니 분명 생물이 살 수 없을 것이라 여겨져 왔지만 1914년, 두날리엘라라는 녹조식물이 발견되었으며 이것이 사해에서 생식하고 있는 유일한 생물인 것으로 알려졌다. 두날리엘라는 베타카로틴을 다량 함유하고 있기 때문에 미용에 좋다고 알려져 주목받고 있다. 또한 사해의 소금과 진흙도 미네랄을 풍부하게 함유하고 있어 미용제품 등으로 이용되고 있다.

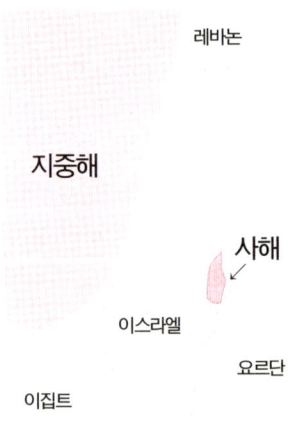

레바논

지중해

사해

이스라엘

요르단

이집트

● 사해 주변 지도. 이스라엘과 요르단의 국경에 위치해 있다.

84

빗방울이 눈물처럼
생겼다는 것은 거짓

빗물을 그려보라고 하면 대부분의 사람들은 위가 뾰족하고 밑이 둥근 이른바 '눈물형'을 그릴 것이다. 만화 등을 봐도 대부분이 '눈물형'을 하고 있기 때문에 당연히 그렇게 생겼을 것이라고 생각하기 쉽지만 실제로 빗방울은 '눈물형'이 아니다.

빗방울은 보통 구형이다. 이는 빗방울뿐만 아니라 물을 뿌리거나 했을 때 생기는 물방울도 마찬가지다. 수도꼭지에서 막 떨어지려고 할 때는 그림에서 보는 바와 같이 '눈물형'을 하고 있지만 이것이 낙하를 시작하면 표면장력이 작용하기 때문에 구형이 된다. 표면장력이란 액체가 표면적을 줄이려고 하는 힘을 말하는데, 컵에 물을 가득 따랐을 때 수면이 불룩하게 솟아오르는 것도 바로 이힘 때문이다.

빗방울이 눈에 보이는 형태로 존재할 때는 이미 낙하를 시작한

후이기 때문에 '눈물형'으로는 보일 수가 없다. 낙하를 시작하면 공기저항이 더해지기 때문에 밑 부분이 일그러진다. 방울이 클수록 공기저항도 커지기 때문에 더욱 심하게 일그러진다.

보통 빗방울의 크기는 평균 2~3밀리미터로 밑 부분이 조금 일그러지는 정도다. 빗방울의 크기는 8밀리미터 정도가 한계로 그 이상이 되면 파열해버린다.

반대로 조그만 방울은 일그러짐 없이 구형 그대로 낙하하는 경우도 있다.

토끼에게 물을 주면
죽는다는 것은 거짓

요즘에는 토끼나 햄스터같이 조그만 동물을 기르는 사람이 늘어
났기 때문에 거의 들을 수 없지만 예전에는 '토끼에게 물을 주면 죽
는다'는 말이 있었다. 아직도 그 말을 믿고 있는 사람이 있을지 모
르겠지만 이것은 잘못된 정보다.

토끼는 몸이 작고 원래 땀을 그다지 흘리지 않는 동물이다. 시기
에 따라서는 믹이로 주는 야채 등에 포함되이 있는 수분민으로도
충분할 정도다. 하지만 물을 전혀 주지 않으면 탈수증상을 일으킨
다. 따라서 물의 양을 조절하기 어려우며 자칫 물을 너무 많이 주면
설사를 일으키곤 한다. 설사를 하면 최악의 경우 몸이 쇠약해져 죽
음에 이르기도 한다.

'물을 주면 죽는다'는 말이 생겨나게 된 것은 물을 주지 않았을
때 일어나는 이변보다 물을 너무 많이 주었을 때 일어나는 이변이

훨씬 눈에 띄기 때문일 것이다.

　토끼와 관련된 또 다른 말 중에 '토끼는 외로우면 죽는다'는 것이
있다. 거의 울지 않고 혼자 행동하는 경우가 많아 어딘지 모르게 외
로워 보이기 때문에 이와 같은 말이 생겨났을 것이다. 하지만 토끼
는 원래 무리 지어 행동하기를 싫어하기 때문에 혼자서도 아무런
문제없이 씩씩하게 살아간다. 인간의 쓸데없는 감정이입 때문에
같은 우리 안에 여러 마리를 함께 기르는 것은 토끼에게는 별로 달
갑지 않은 일이다.

● 토끼도 생물이기 때문에 물 없이는 살아갈 수 없다.

86

벌에 쏘였을 때
오줌을 뿌리면 된다는 것은 거짓

벌에 쏘이는 것을 무서워하지 않을 사람은 없다. 벌이 처마 밑에 집이라도 지을 양이면 울고 싶은 기분이 들 것이다.

쏘이지 않도록 조심한다고 해도 언제 벌의 습격을 받을지 알 수 없는 일.

만에 하나 벌에 쏘였다면 어떻게 해야 좋을까? 여러 가지 민간요법이 선해시고 있시만 한 번쯤 들어봤을 법한 방법 중에 '벌에 쏘였을 때는 오줌을 뿌리면 된다'는 말이 있다. 선인들의 지혜가 가득 담긴 말 같지만 정말로 효과가 있을까?

결과부터 말하자면 이것은 잘못된 지식이다.

오줌에 암모니아가 포함되어 있다는 것은 누구나 알고 있는 사실이다. 암모니아수가 강한 알칼리성이라 벌의 독소가 가진 산성을 중화시킨다는 것이 근거인 듯하다. 하지만 벌의 독소에는 여러 종류의 성분이 있기 때문에 알칼리성만으로는 중화시킬 수 없다. 뿐만 아니라 인간의 피부는 알칼리성에 약한 단백질로 구성되어 있기 때문에 때로는 염증을 일으킬 수 있다. 오줌은 위생적으로도 좋지 않기 때문에 세균에 감염될 우려도 있다. 이처럼 득이 될 것이 아무것도 없다. 만약 벌에 쏘였다면 우선은 차가운 물로 식힌 다음 바로 병원으로 가는 것이 좋다.

참고로 벌에 쏘였을 때 독 이상으로 무서운 것이 쇼크증상이다.

짧은 시간 동안 여러 군데를 쏘이면 아나필락시스 쇼크_{급성 알레르기 반응 중 하나. 알레르기 반응을 일으키는 음식을 먹거나 햄스터에 물렸을 때 일어나는 경우도 있다}를 일으킨다. 이 쇼크증상이 일어나면 호흡곤란에 빠져 한 시간 이내에 목숨을 잃게 되는 경우도 있다.

무엇보다도 쏘이지 않도록 대책을 강구하는 것이 가장 중요하다. 예를 들어 벌은 검은색에 잘 모여들기 때문에 밖으로 나갈 때의 복장에도 신경을 써야 한다.

곰을 만나면 바로 죽은 척하면 된다는 것은 거짓

곰을 만나면 '죽은 척하라'는 말이 옛날부터 전해 내려오는데 이는 정말 효과가 있는 방법일까?

곰은 새끼 곰과 함께 있을 때나 흥분 상태에 있을 때가 아니면 공격해오는 일이 없으니 자극하지 않는 것이 가장 좋다. 하지만 호기심이 강한 동물이기 때문에 가만히 죽은 척하고 있어도 다가와 살펴볼 가능성이 있다. 만약 곰을 만났다면 소란을 피우지 말고 가만히 뒷걸음질하여 도망치는 것이 좋다. 또한 손에 들고 있던 물건을 던져 곰이 그쪽으로 신경을 돌린 틈을 타 도망치는 것도 한 가지 방법이다. 만에 하나 곰의 공격을 받게 된다면 가능한 한 몸을 조그맣게 말고 곰이 공격을 그칠 때까지 가만히 참고 기다려야 한다.

낙타의 혹에
물이 차 있다는 것은 거짓

사막과 낙타. 서로 떼려야 뗄 수 없는 관계에 있다. 낙타는 사람을 태우고, 때로는 무거운 짐을 싣고 천천히 사막을 걸어간다.

낙타의 트레이드마크인 혹. 대체 그 안에 무엇이 들어 있는지 알고 있는가? '물이 차 있다'는 대답을 흔히 들을 수 있는데 이는 잘못된 지식이다. 낙타의 혹은 지방분으로 이루어져 있다.

낙타는 섭취한 먹이나 물을 지방으로 바꿔 혹에 축적하고 그것을 에너지로 바꾸기 때문에 열흘 정도 먹지도, 마시지도 않고 사막을 건널 수 있는 것이다. 지방분이 에너지원으로 소비되면서 혹은 점점 작아진다. 낙타는 혹 외에도 신장에서 오줌의 수분을 절약하기도 하고 혈액의 수분을 줄이기도 하기 때문에 며칠 동안 수분을 공급하지 않아도 살아갈 수 있다.

달팽이집이 떨어져나간 것이
민달팽이가 아니다

장마철이면 나타나는 곤충 중 대표적인 것이 달팽이와 민달팽이다. 달팽이는 여러 가지 이야기에 등장하기 때문에 어딘지 귀엽다는 느낌을 갖게 되지만, 민달팽이는 발견하면 '소금을 뿌려 죽여라'는 말을 하는 등 거의 해충과 같은 취급을 한다. 껍데기만 없으면 서로 크게 다른 점도 없는데 이렇게 다른 취급을 받다니 정말이지 가엾을 뿐이다.

'껍데기만 없으면 크게 다른 점도 없다'라고 했는데, 달팽이의 껍데기가 떨어져나간 것이 민달팽이라고 믿고 있는 사람들이 의외로 많다. 실제로 실험해본 사람도 있을 것이다. 하지만 달팽이와 민달팽이는 서로 다른 생물이다.

달팽이蝸牛와우란 육상에서 생식하는 껍데기가 달린 조개를 총칭해서 이르는 말로 '연체동물문 복족강'이라는 종류에 속한다. 뿔 끝에 눈이 있으며 암수한몸이기 때문에 다른 달팽이와 교미를 하면 양쪽 모두 수정되어 새끼를 낳을 수 있다. 달팽이의 껍데기는 소라 게처럼 바꿀 수 있는 것이 아니며 껍데기 자체가 몸의 일부이기 때문에 붙였다 떼었다 할 수 없다.

한편 민달팽이括胎蟲괄태충는 같은 '연체동물문 복족강' 중에서도 껍데기가 퇴화해버린 것들을 일컫는 말이다. 달팽이와 먼 친척뻘인 셈이지만 똑같은 생물은 아니다.

앞서 '민달팽이에 소금을 뿌리면 (녹아서) 죽는다'고 했는데 실제로는 소금뿐만 아니라 설탕을 뿌려도 녹아버린다. '소금을 뿌리면 수축되지만 설탕을 뿌리면 커진다'는 농담 같은 소리를 흔히 들을 수 있는데 이 말은 물론 거짓이다. 민달팽이한테 소금을 뿌리면 죽는 이유는 '삼투압'이 작용하기 때문이다. 야채를 소금에 절이면 수분이 빠지면서 부피가 줄어드는 것과 마찬가지 원리로, 체내에 수분이 많은 민달팽이는 소금을 뿌리면 삼투압 때문에 말라 죽는다. 소금보다는 못하지만 설탕을 뿌려도 삼투압이 작용하기 때문에 민달팽이는 말라서 죽어버린다. 심심풀이로 실험을 하기에는 민달팽이가 불쌍하지 않은가?

카멜레온이 주변의 색깔에 맞춰
색을 바꾼다는 것은 거짓

어딘지 불안해 보이는 몸짓으로 느릿느릿 움직이며 긴 혀로 벌레를 잡아먹는 카멜레온의 모습은 조금 우스꽝스럽기까지 하다. 그런 카멜레온의 특징은 역시 몸의 색깔을 바꾼다는 데 있을 것이다. 녹색, 갈색, 때로는 회색으로까지 몸의 색깔을 바꿔, 보는 사람을 놀라게 한다.

곤충이나 물고기 중에는 적으로부터 몸을 시키기 위해 잎이나 바위 등과 같은 색으로 몸의 색깔을 바꾸는 것들이 있다. 이를 '보호색'이라고 하는데 카멜레온의 색의 변화도 일종의 '보호색'이다.

하지만 카멜레온의 경우는 곤충들과 달리 주변의 바위나 잎의 색에 맞춰 색깔을 바꾸는 것이 아니라 빛의 강약이나 온도 차같이 피부로 느낄 수 있는 것에 따라 색깔을 바꾸는 것이다.

카멜레온의 색 변화는 '따뜻함', '밝기' 등의 자극이 뇌에서 피부

세포에 있는 색소 알갱이로 전달되어 세포 전체로 분산되어 가기 때문에 나타난다. 전신에 빛을 받고 있는 카멜레온의 일부에만 그늘을 만들어주었더니 그 부분만 다른 색으로 변했다는 실험결과도 나와 있다.

이 결과를 통해 카멜레온은 피부로 직접 빛의 유무나 빛에 의한 온도차를 감지하여 몸의 색깔을 바꾸는 것이라는 사실을 알 수 있다. 햇볕이 없는 야간이나 어두운 곳에서 흰빛을 띠는 것으로 보아 알 수 있듯, 반드시 주변의 색에 맞춰서 색깔을 바꾸는 것은 아니다.

참고로 수놈이 영역 다툼을 할 때나, 암놈이 번식기를 맞이했을 때처럼 위협이나 발정 등과 같은 감정의 변화에 따라서도 색을 바꿀 수 있다고 한다.

91

식기세척용 세제는 바퀴벌레도 순식간에 죽일 만큼 독성이 강하다는 것은 거짓

요즘은 바퀴벌레에게도 면역력이 생겨서 살충제로는 죽지 않는다고들 하는데 아주 가까운 곳에 최고의 무기가 숨어 있었다. 그것은 바로 식기세척용 세제.

바퀴벌레가 순식간에 죽을 만큼 독성이 강한 식기세척용 세제를 과연 인간이 사용해도 괜찮을까? 라며 걱정하는 사람도 있을지 모르겠지만 바퀴벌레는 세제의 독성 때문에 죽는 것이 아니다.

바퀴벌레는 몸에 기름기가 있어 발수성을 갖추고 있다. 물은 뿌리면 바로 털어낼 수 있지만 세제를 뿌리면 세제에 포함되어 있는 계면활성제 때문에 발수성이 사라져 호흡기인 기문으로 세제가 스며들어간다. 그렇게 되면 호흡을 할 수 없어 질식하여 죽어버린다. 계면활성제를 포함하고 있는 비눗물이나 식용유로도 같은 효과를 볼 수 있다.

미토 고몬이 전국을
돌아다녔다는 것은 거짓

"이 가문家紋이 보이지 않는가?"

높다랗게 추켜올린 인로印籠, 허리에 차고 다니던 긴 원통형 상자. 원래는 도장과 인주를 넣고 다녔으나 에도시대부터는 약을 넣고 다녔다를 본 악당들이 일제히 바닥에 엎드리는 이 장면을 한 번쯤은 봤을 것이다.

고몬, 즉 미토 고몬이 전국을 돌아다니면서 악당들을 응징하는 인기 역사극 『미토 고몬水戸黃門』의 클라이맥스 장면이다.

이 이야기를 진짜 있었던 일이라고 생각하는 사람들이 많은 듯한데 사실은 만들어진 이야기다.

'미토 고몬'이란 미토한水戸藩의 2대 한슈藩主번주, 지역을 다스리는 장군였던 도쿠가와 미쓰쿠니德川光國, 1628~1700. 에도 전기의 미토한슈. 후에 이야기꾼들에 의해서 미토 고몬으로 전설화되었다의 다른 이름이다.

도쿠가와 이에야스德川家康의 손자에 해당하는 인물로 젊은 시절에는 난폭한 행동을 일삼았지만 사마천司馬遷의 『사기史記』를 읽고 감명받은 후부터 학문에 정진했다고 한다.

훗날, 『대일본사大日本史』를 편찬하는데, 그 일에 관여했던 중심 인물 삿사 짓치쿠와 아사카 단파쿠安積澹泊가 역사극 『미토 고몬』에 등장하는 스케助와 가쿠格의 모델이 되었다.

『대일본사』의 편찬은 막대한 자금과 시간을 투자한 대사업이었는데 그 영향으로 미토한은 재정난에 허덕이게 되었다.

하지만 이 대사업이 후에 '미토학學'이라 불리는 학문으로 정착, 널리 알려졌다는 점으로 봐서 역시 높은 평가를 얻은 듯하다.

이 같은 그의 활약 덕분에 『미토 고몬』이라는 이야기가 탄생하게 된 것이다.

참고로 드라마 속에서 고몬은 '부장군'으로 불리는데 당시 '부장군'이라는 직책은 존재하지 않았다.

미토한의 한슈는 다른 곳의 한슈와는 달리 에도와 한 사이를 오가지 않고 늘 에도에 주재하면서 장군을 보좌하는 임무를 맡았는데 그 때문에 창작 과정에서 '부장군'이라는 직책을 붙여준 것이 아닐까 생각된다.

어쨌든 역사극 『미토 고몬』에서는 고몬이 전국을 돌아다니는 것으로 묘사되어 있지만, 실제로 미쓰쿠니는 전국은 고사하고 간토關東 지방에서조차 벗어난 적이 없었다.

하지만 상당한 미식가로 일본에서 처음으로 라면과 만두를 먹었

으며, 생물을 가엾이 여기라는 영(令)을 어기고 육식을 했다는 등의
일화를 남긴 매우 독특한 인물이었다.

잇큐는 재치 넘치는
동자승이 아니었다

잇큐━休, 1394~1481. 무로마치 시대 중기의 선승라고 하면 '재치 넘치는 동자승'이 떠오른다. 어렸을 적, 책이나 텔레비전을 통해 본 그의 이야기에 푹 빠져버린 사람도 적지 않았을 것이다.

하지만 실제로 잇큐 소준宗純은 매우 성실한 승려였던 것으로 알려져 있다. '재치 넘치는 잇큐'에 대한 이야기는 후세에 만들어진 창작물이다.

잇큐 소준은 1394년에 태어난 임제종臨濟宗 다이토쿠지大德寺 파의 승려로 고코마쓰後小松 천황의 아들인 것으로 알려져 있다.

그는 고코마쓰 천황의 명령으로 오닌應仁의 난 때 소실됐던 다이토쿠지의 주지가 되어 절의 부흥에 온 힘을 쏟았다.

'재치 넘치는 잇큐'는 그의 어렸을 적 이야기인데 잇큐 소준은 매우 성실한 아이였다고 한다.

그러나 어른이 된 소준은 술과 고기를 먹고 여자와 관계를 맺는 등 계율을 지키지 않는 파계승이었다. 뿐만 아니라 일부러 더러운 차림새를 하고, 목검을 붉은 칼집에 넣어 허리에 차고 다녔으며, 새해에는 해골을 끌어안고 인사를 다니는 등 수많은 기행을 보였다.

하지만 승려 생활이 싫어서 이런 타락한 모습을 보인 것은 아니었다.

이 같은 잇큐의 행동은 '풍광風狂'이라는 이름으로 불렸는데 풍광이란, 원래 부정적으로 받아들여야 할 행동을 계율을 떠나서 긍정적으로 받아들이는 것을 말한다.

이 시대에는 전란과 기근 등이 수없이 발생했으며, 고통에 빠진 민중은 나 몰라라 내팽개치고 사욕을 채우기에 급급한 승려들이 많았다. 소준의 기행에는 그와 같은 승려들에 대한 비판의 뜻도 담겨 있었던 듯하다. 붉은 칼집에 넣은 목검은 '겉모습은 뛰어나지만 내용물은 모조품이다', 해골은 '누구나 죽으면 마찬가지다'라는 뜻이 담긴 사회에 대한 풍자라고 볼 수 있다. '재치 넘치는 잇큐'의 모습은 이 무렵의 기행에서 힌트를 얻은 듯하다.

오노노 이모코는
제1차 견수사가 아니었다

견수사遺隋使란, 성덕태자聖德太子가 중국의 수나라에 파견한 사절을 말한다. 수의 문화와 정치제도를 배우고 수와의 외교를 통해서 일본의 지위를 끌어올릴 목적으로 파견된 사절단이었다.

바로 그 견수사가 가장 처음 파견된 것이 언제였는지, 또 어떤 인물이었는지 기억하고 있는가? 대부분의 사람들은 '607년에 오노노 이모코小野妹子가 파견되었다'고 배웠을 것이다.

일본 최초의 역사서인 『일본서기日本書紀』에 '607년에 오노노 이모코가 국서를 들고 파견되었다'는 기록이 남아 있으며 그 이전에는 파견되었다는 기록이 보이지 않는다. 따라서 '최초의 견수사는 607년, 오노노 이모코'인 것으로 알려져왔다.

그런데 수나라의 기록인 『수서隋書』에 '왜왕, 성은 아메阿每, 자는 다리시히코多利思比孤, 오호키미阿輩雞彌라 불리는 이가 사절을 파견해

궁궐에 들어왔다'라는 기록이 있어 600년에 이미 왜국_{일본}에서 사절이 왔음을 알려주고 있다. 즉, 오노노 이모코는 두 번째로 파견되었다는 얘기다.

왜 이렇게 잘못 알려진 것일까? 정확한 사실은 알 수 없지만 600년에 파견된 사절이 국서_{외교문서}를 가지고 가지 않았기 때문이라는 설과, '공식적인 파견이 아닌 사전조사였다'는 설, '다른 정권이 존재했을지도 모른다'는 설 등 여러 가지 억측이 난무하고 있다.

참고로 607년의 견수사인 오노노 이모코가 가지고 간 국서가 바로 '日出處天子到書日沒處天子_{해 뜨는 곳의 천자가 해 지는 곳의 천자에게 글을 보낸다}'로 시작되는 글이다. 해 뜨는 나라_{일본}에서 해 지는 나라_수로 보낸다는 표현 때문에 수의 반감을 샀다는 것은 매우 잘 알려진 이야기다.

608년에 파견된 견수사의 사절단에는 오노노 이모코 외에도 다카무코노 구로마로_{高向玄理}, 미나부치노 쇼안_{南淵請安} 등과 같이 다이카노카이신_{大化の改新, 다이카 원년인 645년에 행해진 일련의 정치개혁}에 영향을 준 유학생들도 포함되어 있었다. 그 후에도 618년까지 몇 차례 사절이 파견되었으며, 수가 망하고 당이 세워진 후에도 '견당사'가 계속해서 파견되었다.

벼농사가 야요이 시대에
시작되었다는 것은 거짓

일본인의 주식인 쌀. 누구나 하루에 한 번은 쌀을 먹을 것이다.

쌀의 역사는 아주 오래되었는데 중국에서 시작된 벼농사의 기원은 10,000년 전 혹은 12,000년 전이라고도 알려져 있다. 소요초_{租庸調, 율령제로 당나라의 제도를 본떠 만든 세금제도}와 넨구_{年貢, 영주가 농민에게 부과했던 세금}로 대표되는 제도에서 볼 수 있듯이 일본에서도 오래전부터 쌀이 세금으로 이용되고 있었디.

일본에서 쌀이 생산되기 시작한 것은 언제부터였을까? 대부분의 사람들이 역사 수업시간에 '야요이_{彌生, 약 2,400년 전~약 1,700년 전까지의 시대} 시대에 대륙에서 전해졌'고 배웠을 것이다.

하지만 최근 연구 결과, 조몬_{繩文, 약 13,000년 전~약 2,400년 전까지의 시대. 야요이 시대보다 앞선 시대} 시대 후반에 이미 벼농사가 시작되었다는 사실이 판명되었다.

그동안은 무기로 사용했던 석기와 조개를 먹고 버린 껍질이 쌓여 생긴 패총이 많이 발견되는 것으로 봐서 조몬 시대는 수렵·채취를 하던 시대였고, 벼농사와 밭을 가는 경작 기술은 없었던 것으로 알려져 있었다.

그런데 최근에 미나미미조테南溝手 유적오카야마 현 소자 시이라는 조몬 시대 후기의 유적에서 토기에 들러붙은 플랜트 오팔Plant Opal이 발견되었다. 플랜트 오팔이란 벼과 식물에 포함되어 있는 규산珪酸이 세포의 형태를 남긴 채 화석화된 것인데, 이것은 조몬 시대에도 벼가 존재했다는 사실을 증명해주고 있다.

또한 아사네바나朝寝鼻 패총오카야마 현 오카야마 시의 약 6,000년 전 지층에서도 플랜트 오팔이 발굴되어 일본에서 벼농사가 시작된 것은 조몬 시대 전기가 아닐까 하는 설까지도 나오기 시작했다.

핫토리 한조가
닌자였다는 것은 거짓

대부분의 사람들이 '닌자忍者 하면 핫토리 한조服部半藏'라는 생각을 가지고 있을 것이다. 하지만 그의 진짜 모습은 미카와노쿠니三河國 의 무장이었지 닌자는 아니었다.

핫토리 한조는 1542년에 태어난 인물로 본명은 이와미노카미마 사시게石見守正成. 이가伊賀 출신인데 아버지 대에 토지를 잃고 미카와 노쿠니로 이주, 마쓰다이라松平 가를 섬겼다. 혼나 나나가쓰本多忠勝, 사카이 다다쓰구酒井忠次와 함께 도쿠가와 이에야스의 측근으로 막 부를 세우는 데 공을 세운 '도쿠가와 16 신장神將' 중 한 명으로 활약 했다.

또한 도쿠가와 가를 섬겼던 이가의 하급무사들을 '이가동심伊賀同 心'이라 불렀는데 그 이가동심을 통솔하고 있던 것이 바로 핫토리 한조였다. 그렇기 때문에 '닌자의 두목'이라는 이미지가 그를 따라

다니는 것이 아닐까 생각된다.

'닌자'라는 존재 자체가 창작물처럼 여겨질 수도 있겠지만, 신분이 높은 사람을 섬기며 경호와 내정조사 등의 일을 맡았던 닌자는 실제로 존재했다. 그 기원에는 여러 가지 설들이 있는데, 가마쿠라鎌倉, 1185~1333년 시대에 이미 그와 같은 집단이 존재했던 것으로 알려져 있다. 수리검과 쇠갈고리를 매단 밧줄 등 특수한 무기를 사용하면서 민첩하게 행동하는 그들의 모습에 일반인들은 놀라지 않을 수 없겠지만, 책이나 영화 등에서 보아왔던 '물 위에서 걷기'와 같은 기술은 물리적으로 불가능한 일이니 역시 후세의 창작으로 봐야 할 것이다.

실제로 한조는 수리검이 아닌 창의 명수였다. 16세에 처음으로 출전한 것으로 알려져 있는데 그가 16세였던 당시1557년, 이에야스는 이마카와今川의 인질로 슨푸駿府 성에 잡혀가 있었다. 그러한 상황에서 이에야스가 지시를 내릴 수 있었는지 매우 의심스러우며, 사실 관계를 명확하게 밝힐 수도 없다. 참고로 이에야스와 한조는 나이가 같았다.

여담이지만 영국 대사관에서 가장 가까운 곳에 위치한 지하철역 '한조몬半蔵門' 역은 에도 성의 서쪽 문인 한조몬에서 그 이름을 따온 것이다. 문 앞에 한조의 집이 있었기에 그렇게 불리게 된 것이다.

구니사다 주지가
의적이었다는 것은 거짓

구니사다 주지國定忠治는 에도시대 후기의 협객이었다. 이름은 몰라도 '아카기赤城의 산은 지금 어두운 밤'이라는 말은 들어본 적이 있을 것이다.

덴포 시대1830~1844의 대기근 때에는 사재를 팔아 마련한 거금을 가난한 백성들에게 나눠주고 농민을 괴롭히던 관리들을 베는 등 서민의 편이었다는 이미지가 있지만 이는 후에 각색된 것이다. 실제로는 난폭한 도박꾼에 불과했다.

구니사다 주지는 1810년 고즈케노쿠니지금의 군마 현 사이군 구니사다무라上野國左位郡國定村에서 태어났다. 본명은 나가오카 주지로長岡忠次郎. 열일곱 살 되던 해에 살인을 저지르고 시모쓰케下野의 오마에다 에이고로大前田英五郎에게 가 몸을 의지한다. 거기서 많은 부하들을 거느릴 정도의 두목으로 성장하지만 시마무라 이사부로島村伊三郎

라는 협객을 사살하는 바람에 다시 신슈信州로 도망가서 생활하게 된다.

후에 다메가이무라田部井村의 지주인 니시노 매우에몽과 공모하여 도박장을 개최한다. 이때 회장으로 사용한 오두막을 그들은 '준설 공사용'으로 둔갑시켰는데 그 때문에 후에 '번 돈으로 관개공사를 추진하여 농민에게 도움을 주었다'는 이야기가 생겨난 것이 아닌가 한다.

그들이 공모한 도박이 막부의 눈에 띄게 되었고 주지는 그곳에서 도망쳐 방랑을 거듭하다 끝내 병에 걸려 더이상 도망치지 못하고 체포되어 살인 및 관공서 침입 등 수많은 죄목으로 처형당했다.

주지가 죽고 메이지 시대에 들어서면서부터 「마부 주지」, 「이와하나다이칸 살해사건」, 「아카기 자장가」 등과 같은 이야기들이 만들어지게 되었다.

군마 현群馬縣 이세사키시伊勢崎市 구니사다초國定町에 있는 요주지養壽寺에 주지의 무덤이 있다. 도박사로서 이름을 떨쳤던 주지의 영향 때문인지 그곳을 찾으면 도박을 할 때 운이 따른다고 한다. 그 때문에 그의 묘석을 긁어가는 사람들이 끊임없이 찾아와 지금은 매우 작아졌다고 한다. 요주지에는 구니사다의 유품관도 있는데 귀중한 사료들을 볼 수 있으니 관심이 있다면 한 번쯤 찾아보기 바란다.

1192년에 가마쿠라막부를
열었다는 것은 잘못

'1192년에 가마쿠라막부를 열었다.'

일반적으로 가마쿠라막부는 1192년에 미나모토노 요리토모_{原賴朝}가 세이타이쇼군_{征夷大將軍}에 임명되면서 시작된 것으로 알려졌지만 최근에는 다음과 같은 여러 가지 설들이 거론되고 있다.

【1】 1180년 설

헤이지_{平治}의 난_{1152년 교토에서 일어난 내란} 이후, 이즈_{伊豆}로 몸을 피해 있던 미나모토노 요리토모가 병사를 일으킨 해. 요리토모가 가마쿠라로 들어가 그곳을 본거지로 삼았기 때문에 이 해에 가마쿠라막부가 시작된 것이라고 보는 설.

【2】1183년 설

미나모토노 요리토모가 고시라카와後白河 천황으로부터 동쪽 국가에 대한 지배권을 인정받은 해.

【3】1184년 설

가마쿠라에 구몬조公文所, 가마쿠라 시대에 막부의 정무를 담당하던 곳와 몬추조問注所, 가마쿠라 시대에 소송의 심리, 문서작성 등을 관장하던 곳가 설치된 해. 이로 인해 가마쿠라막부의 기반이 확립되었다고 보는 설.

【4】1185년 설

미나모토노 요리토모가 모반을 계기로 고시라카와 천황에게 슈고守護, 각 국가에 요리토모의 가신을 임명하여 설치한 관직. 군사, 경찰권을 중심으로 각 국가의 치안, 경비를 담당했다와 지토地頭, 전국의 장원 및 국가소유지에 두고 토지관리, 조세징수, 재판의 권한을 주었다의 설치를 인정받은 해. 전국에 가신을 배치했으므로 이 해에 가마쿠라막부가 성립된 것이라고 보는 설.

【5】1190년 설

미나모토노 요리토모가 니혼고쿠 소쓰이부시日本國總追捕使, 이전에 각 국에서 치안을 담당하고 있던 쓰이부시를 총괄하여 담당하는 관직에 임명된 해. 이로 인해 전국의 경비에 관한 권리가 요리토모에게 넘어갔다는 설.

【6】1192년 설

미나모토노 요리토모가 세이타이쇼군에 임명된 해. 이것이 일반 사람들에게 널리 알려진 1192년 설이다.

요즘에는 이 중에서 요리토모의 힘이 전국에 미치기 시작한 【4】의 1185년 설이 유력시되고 있다.

'이타가키는 죽어도 자유는 죽지 않는다'는 말은 이타가키 다이스케 본인의 말이 아니었다

자유민권운동가 이타가키 다이스케板垣退助는 1837년 도사土佐에서 태어나 막부 타도 운동에 참가하였다. 후에 야당으로 전락한 그는 자유민권운동을 지도하였다고 알려져 있다.

그런 이타가키가 1882년 기후에서의 유세 중 폭력배의 칼에 찔렸을 때 "이타가키는 죽어도 자유는 죽지 않는다"고 한 말은 아주 유명하다. 하지만 이는 이타가키가 한 말이 아니라고 한다.

그렇다면 과연 누구의 말이었을까?

사건 직후 고무로 신스케小室信介라는 저널리스트가 행한 연설 제목인 '이타가키는 죽어도 자유는 죽지 않는다'가 본인의 말로 와전되어 널리 알려진 것이라는 설, 혹은 당시 사건을 전했던 신문의 머리글이었다는 설 등이 있다.

도모비키에 장례를 치르면
안 된다는 것은 거짓

가족 중 한 사람이 죽으면 슬퍼할 겨를도 없이 장례식 일정을 결정해야만 한다.

그런데 '친구를 길동무로 데리고 가기 때문에 도모비키_{友引, 친구를 데려간다는 뜻}에 장례식을 치러서는 안 된다'는 말을 한 번쯤은 들어본 적이 있을 것이다.

생각해보면 일본인들은 '다이안_{大安, 만사에 길한 날}'이나 '부쓰메쓰_{佛滅, 만사에 흉한 날}', '13일의 금요일' 같은 날에 매우 신경을 쓰는 경향이 있다. 장례식에 참석하는 사람은 그날이 도모비키라 하더라도 자신이 끌려갈지 모른다는 생각은 거의 하지 않는다. 그러나 장례를 치르는 사람은 도모비키를 피하려 한다. 하지만 이는 그저 미신에 지나지 않는다.

'도모비키'는 음양도에서 말하는 '육요_{六曜}' 중 하나로, 육요란 오래전부터 중국에 전해 내려오는 복술卜術을 일컫는 말이다. 일본에는 무로마치室町, 1336~1573시대에 들어온 것으로 알려져 있다. 원래는 '센쇼先勝, 송사에 갇힌 날 · 도모비키 · 센부先負, 송사에 흉한 날 · 부쓰메쓰 · 다이안 · 샷코赤口, 대낮을 빼고는 위험한 날' 이렇게 여섯 개로, 1개월을 되풀이한다. '칠요요일'처럼 사용되었는데 후에 길흉의 의미가 부각되었고 제2차 세계대전 이후부터는 이것이 유행하기 시작했다.

도모비키는 원래 '무슨 일을 해도 승부가 나지 않는다서로 비긴다'라는 의미로 '共引'이라고 썼었다. 그런데 그것이 언제부터인가 '친구를 끌고 간다'라고 해석되기 시작하더니, 장례를 치르기에 좋지 않은 날로 인식되어버렸다.

원래의 의미대로라면 도모비키에 장례식을 치러도 별 문제는 없지만, 이러한 미신이 일반화되어버렸기 때문에 사람들의 이해를 얻기 힘들 뿐만 아니라 도모비키를 휴일로 삼고 있는 장의사도 많기 때문에 실제로 그날에 장례식을 치르기란 그리 쉬운 일이 아니다.

참고로 '다이안은 길일', '부쓰메쓰는 흉일'이라는 것도 도모비키와 마찬가지로 미신에 지나지 않는다. 부스메쓰에 결혼식을 올려도 문제될 것은 없다.

참 · 고 · 문 · 헌

- 『일본 고대사 사전』(야마토쇼보), 에가미 나미오, 우에다 마사아키, 사에키 아리키요.
- 『놀라운 일본사』(PHP 문고), 가와이 아쓰시.
- 『세계미술대전집 이탈리아 르네상스 2』(쇼가쿠칸)
- 『시스티나의 미켈란젤로』(쇼가쿠칸), 아오키 아키라.
- 『관엽식물과 컬러 리프 플랜』(세비도 출판), 오자키 아키라.
- 『도해 증상으로 알 수 있는 한방요법』(슈후토세이카쓰샤), 기네부치 아키라, 이나키 가즈모토.
- 『바로 도움이 되는 오정식품(五訂食品) 성분표』(이케다쇼텐), 스가하라 아키코.
- 『생활의 전승 미신과 과학 사이』(도키쇼보), 가마타 하루키.
- 『서양회화의 흐름 명화 100선』(이와나미쇼텐), 장 크리스토프 바이.
- 『도해잡학 수면의 원리』(나쓰메샤), 도리이 시즈오, 수면문화연구소 감수, 고바야시 다모쓰.
- 『뇌의 힘, 그렇구나 사전 여기까지 밝혀졌다 파워와 메커니즘』(지쓰교노니혼샤), 나카하라 히데오미 감수.
- 『루소 전집 제1권』(하쿠스이샤), 고바야시 요시히코 역

- 기상청 홈페이지(http://www.jma.go.jp/jma/index.html)
- 도쿄 수도국 홈페이지(http://www.waterworks.metro.tokyo.jp/)
- 미국 국립공원청 홈페이지(http://www.nps.gov/)

상식의 거짓말

엮은이 · 상식의 거짓말 연구회 | 옮긴이 · 박현석 | 펴낸이 · 박은서 | 펴낸곳 · 새론북스

편집 · 송이령, 김선숙, 석호주, 송훈의 | 마케팅 · 정재면, 최근봉, 추미경, 김종수 | 관리 · 하병태, 박종금, 조향미

주소 · (412-820) 경기도 고양시 덕양구 토당동 836-8 칠성빌딩 301호

TEL · (031) 978-8767~8 | FAX · (031) 978-8769

http://www.jubyunin.co.kr
myjubyunin@bcline.com

초판 1쇄 인쇄일 · 2007년 3월 15일 | 초판 1쇄 발행일 · 2007년 3월 30일

ⓒ 새론북스
ISBN 978-89-91605-60-2(03830)

*책값은 표지에 있습니다. 잘못 만들어진 책은 바꾸어 드립니다.